Niklas M. Käfer & Joshua A. Weid

# Van Ruhden und das Vermächtnis des Hasses

novum pro

www.novumverlag.com

Bibliografische Information
der Deutschen Nationalbibliothek:

Die Deutsche Nationalbibliothek
verzeichnet diese Publikation in
der Deutschen Nationalbibliografie.
Detaillierte bibliografische Daten
sind im Internet über
http://www.d-nb.de abrufbar.

Alle Rechte der Verbreitung,
auch durch Film, Funk und Fernsehen,
fotomechanische Wiedergabe,
Tonträger, elektronische Datenträger
und auszugsweisen Nachdruck,
sind vorbehalten.

© 2022 novum Verlag

ISBN 978-3-99131-308-3
Lektorat: Volker Wieckhorst
Umschlagfotos: Pytyczech,
Viktor Gladkov | Dreamstime.com
Umschlaggestaltung, Layout & Satz:
novum Verlag
Innenabbildung: Joshua A. Weid

Gedruckt in der Europäischen Union
auf umweltfreundlichem, chlor- und
säurefrei gebleichtem Papier.

**www.novumverlag.com**

# Inhaltsverzeichnis

Kapitel 1 ................................... 7
Kapitel 2 ................................... 17
Kapitel 3 ................................... 23
Kapitel 4 ................................... 30
Kapitel 5 ................................... 43
Kapitel 6 ................................... 48
Kapitel 7 ................................... 54
Kapitel 8 ................................... 60
Kapitel 9 ................................... 63
Kapitel 10 .................................. 71
Kapitel 11 .................................. 79
Kapitel 12 .................................. 85
Kapitel 13 .................................. 89
Kapitel 14 .................................. 96
Kapitel 15 .................................. 98
Kapitel 16 .................................. 105
Epilog ..................................... 107

Inhaltsverzeichnis

# Kapitel 1

*München Hauptbahnhof, Mittwoch, der 13. September 1922.*
Van Ruhden kam nach seinem zweiwöchigen Urlaub im unterfränkischen Würzburg wieder in seiner geliebten Heimat München an.

Wie üblich wählte Van Ruhden den Weg über die Eisenbahn, da er diese in seinen Augen als das beste Verkehrsmittel betrachtete. Denn sie bot sehr viel Komfort, und man konnte vor allem in Ruhe reisen.

Er kam um exakt 16.20 Uhr auf Gleis 24 im Münchner Hauptbahnhof mit dem Schnellzug mit der Nummer D112 an. Der Zug kam zum Stehen, Van Ruhden stand auf, nahm seine Aktentasche aus der Gepäckablage und seinen Mantel vom Kleiderhaken. Er verließ sein Abteil, ging zur Tür, öffnete diese und stieg aus dem Wagen auf den Bahnsteig hinaus. Er lief den Bahnsteig entlang Richtung Bahnhofshalle, vorbei an Br. 18 056, die den D-Zug gezogen hatte. Es lagen dicke Schwaden in der Luft, es roch nach Rauch, als er an der Dampflokomotive vorbeilief. Diese Sinnlichkeit erinnerte Van Ruhden immer an den Tag, als er das erste Mal eine Dampflokomotive sah. Immer wenn er diesen Anblick vernahm und diesen Geruch roch, brachte es ihn in seiner Kindheit immer zum Staunen: Wie konnte so ein Stück Metall so elegant dahingleiten?

Van Ruhden lief weiter durch die Bahnhofshalle in Richtung Ausgang. Er wollte zum neuen DDZ, was *„Deutsches Detektiv Zentrum"* bedeutete. Ende des Jahres 1921 wurde das Büro des „DDZ" bei einem schrecklichen Brand völlig zerstört. Erst vor Kurzem wurde das neue Bürogebäude mit einer großen und spektakulären Einweihungsfeier eröffnet. Das neue Büro befand sich am Platzl, das in der Nähe des bekannten Hofbräuhauses lag. Van Ruhden begab sich nun auf den Weg dorthin und verließ die Bahnhofshalle zum Vorplatz. Dort war wie jeden Tag reges Treiben. Hunderte von Menschen drängelten sich durch den Platz. Die Autos hupten sich gegenseitig auf den vollen Straßen an, Straßenbahnen klingelten, und die Geräuschkulisse Münchens hatte sich nicht verändert. Es war alles wie immer. Von dort aus ging er weiter über den Karlsplatz und Marienplatz zum Platzl, wo sich auch das DDZ befindet.

*Das „DDZ" am Platzl 4a in der Münchner Innenstadt*

Um ca. 16.40 Uhr betrat Van Ruhden das neue Gebäude. Er wurde freundlich und herzlich von seinen Kollegen und Kolleginnen begrüßt.

Er ging zuerst zu Edeltraud Meyer, die erst vor Kurzem die Stelle als Sekretärin beim DDZ angenommen hatte. Ihre Vorgängerin musste kürzlich wegen eines familiären Anlasses unverzüglich zurück nach Nürnberg und würde voraussichtlich auch nicht wieder nach München zurückkommen.

Frau Meyer ist 35 Jahre alt und trägt traditionelle bayrische Kleidung. Van Ruhden begrüßte sie freundlich und holte sich seinen Schlüssel für sein neues Büro ab. Diesen steckte er auch gleich in seine rechte Manteltasche.

Er begab sich in das Treppenhaus und ging die schönen hölzernen Treppen hinauf in den 4. Stock. Er lief links durch den mit Bildern verzierten Korridor, bis er an einer dunkelbraunen Holztür angelangt war. Darauf war ein kleines, golden schimmerndes Schild angebracht. Van Ruhden betrachtete das Schild genauer und las darauf seinen eigenen Namen. Benjamin Van Ruhden suchte in seiner Tasche den neuen Büroschlüssel. Der Schlüssel war golden, und das Profil eines Hutes zierte den Kopf des Schlüssels. Er steckte den Schlüssel in das Schlüsselloch, drehte zweimal nach links, und die Tür öffnete sich leise.

Van Ruhden stand in einem sehr schönen und hell beleuchteten Büro. Das Büro war in Richtung des Platzes. So konnte Van Ruhden immer einen schnellen Blick nach unten werfen, die Leute beobachten oder auch bei schönem Wetter die Alpen betrachten. Im Büro standen sein neuer Schreibtisch, der eigens für ihn angefertigt wurde, und dahinter sein neuer Ledersessel. Zudem standen im Büro noch ein weiterer Sessel und ein Blumentopf mit einer weißen Orchidee auf dem Fensterbrett. Als Van Ruhden sich auf seinen neuen Sessel setzte und seinen neuen Sekretär begutachtete, fiel ihm ein Brief auf, der sich direkt vor ihm auf dem Tisch befand.

Er öffnete die unterste Schublade und holte seinen Brieföffner heraus. Nun wundert man sich vielleicht, wie Van Ruhden wissen konnte, wo sich der Brieföffner in dem neuen Schreibtisch befand. Jedoch hatte Van Ruhden ausdrücklich darauf bestanden, dass seine Ordnung von seinem alten Schreibtisch beibehalten wird. Und weil Verlass auf die Arbeiter war, brauchte er nur einen sicheren Handgriff zu machen und hatte das in der Hand, was er wollte. Er würde wahrscheinlich blind durch sein Büro finden, wenn es sein müsste, denn Benjamin Van Ruhden ist ein überaus ordentlicher Mensch.

Er öffnete den Brief mit einer sauberen Handbewegung. Das Blatt Pergament segelte wie eine Feder heraus, es war leicht bläulich und wurde von Hand geschrieben.

*Sehr geehrter Herr van Ruhden,*

*ich möchte Sie darum bitten, am Freitag, den 15. September 1922, um 15 Uhr am Sendlinger Tor zu erscheinen. Ich habe etwas, was Sie interessieren dürfte. Falls Sie nicht erscheinen, werden Sie es bereuen, alter Freund!*

*Hochachtungsvoll*
*F.*

Van Ruhden hob den Kopf, schaute sich den Brief noch einmal genau durch. Er fragte sich in Gedanken, was der Sender des Briefes für eine, für Van Ruhden, so interessante Information haben könnte. Doch was ihm mehr zu überlegen gab, war, dass der Versender ihn kannte oder zumindest vorgab, dies zu tun. Er fragte sich, ob er sich Sorgen darüber machen sollte. Noch einmal schaute er sich die Unterschrift des Verfassers an. „F." stand dort geschrieben. Doch er kannte niemanden, dessen Name mit F begann oder der so unterschrieb.

Van Ruhden überlegte noch viele weitere Stunden, bis er von einem Klopfen an seiner Tür unterbrochen wurde. Er stand auf, seufzte etwas genervt und ging daraufhin zur Tür. Leise öffnete er die Tür. Vor ihm stand Frau Meyer, die Sekretärin, und sagte zu ihm: „Aber Herr Van Ruhden, was machen Sie denn noch hier, Sie haben doch längst Feierabend."

Van Ruhden antwortete verdutzt darauf: „Tatsächlich? Ist es wirklich schon so spät? Ach, wissen Sie, ich habe einen anonymen Brief erhalten, der mich viel zum Nachdenken bringt."

„Ach, wissen's was, Herr Van Ruhden: Gehen Sie doch einfach nach Hause. Sie sehen sehr ermüdet aus, gehen's erst mal heim und essen's was, dann haben Sie bestimmt wieder einen klaren Kopf. Morgen können Sie dann weiter darüber nachdenken." „Ja, da haben Sie vermutlich recht. Aber Sie sollten es mir gleichtun. Wir sehen uns ja morgen. Also, Wiederschauen!", verabschiedete sich Van Ruhden. „Eine angenehme und ruhige

Nacht wünsche ich Ihnen, Herr Van Ruhden", antwortete darauf Frau Meyer mit freundlicher Stimme.

Van Ruhden befolgte ihren Rat und packte daraufhin all seine Sachen und ging nach Hause.

Als Van Ruhden nach einer halbstündigen Fahrt hinter einem kleinen runden Hügel sein Haus erblickt hatte, freute er sich schon auf das leckere Abendessen, was Martha sicherlich für ihn zubereitet hatte. Aber natürlich auch auf das Wiedersehen mit ihr. Er stieg aus dem Wagen. In diesem Moment kam auch schon Martha aus dem Haus gelaufen und sagte zu Van Ruhden: „Ja, endlich sind Sie da, Herr Van Ruhden! Ich habe Ihnen schon die Schweinshaxe auf den Teller gelegt. Ich hoff', dass sie noch angenehm warm ist, und hoffentlich schmeckt's Ihnen auch. Gehen Sie doch schon mal rein, ich komm gleich nach. Ich bring nur noch schnell Ihren Koffer ins Wohnzimmer. Ist das schön, dass Sie wieder im Lande sind."

„Ach, ich danke Ihnen, Martha. Was wäre ich denn nur ohne Sie? Auch ich freue mich sehr, Sie wiederzusehen, und natürlich habe ich schon Ihr traumhaftes Essen vermisst", sagte Van Ruhden und ging durch die schönverzierte Haustür in das warme Haus hinein.

Als er das Haus betrat, hatte er bereits den wundervollen Duft von einer herrlichen Schweinshaxe in der Nase. Er legte nur noch ganz schnell seinen Mantel ab und ging ohne zu zögern in das Esszimmer.

Dort sah er schon von Weitem auf dem Teller eine riesige, saftige Schweinshaxe. Diese war mit einem deftigen Schlag Sauerkraut, sowie 2 fetten Knödeln versehen worden, und daneben ruhte meisterhaft gegossen eine Bratensoße. Van Ruhden lief wortwörtlich das Wasser im Mund zusammen. Er setzte sich auf seinen Stuhl und wartete, dass auch Martha in das Esszimmer kam, damit sie gemeinsam essen konnten.

Als sie sich auch am Tisch niedergelassen hatte, konnte das Mahl mit den traumhaften Speisen beginnen. Van Ruhden schwärmte von den Ergebnissen der Kochkünste Marthas. Die beiden hatten noch einen wunderschönen Abend mit etwas Cognac am Kaminfeuer.

Er erzählte ihr natürlich auch von dem seltsamen Brief und fragte sie, ob sie jemanden kannte, der Briefe mit „F." abschloss. Doch auch sie konnte mit diesem Namen nichts anfangen. Um 20 Uhr verabschiedete er sich von Martha und ging hinauf in sein Arbeitszimmer, um dort weiter den Brief zu studieren. Er öffnete die Tür zu seinem Arbeitszimmer, das direkt neben seinem Schlafzimmer lag. Van Ruhden setzte sich auf seinen schönen blauen Samtstuhl und kramte den Brief aus seiner Aktentasche heraus. Diesen legte er auf seinen Sekretär, nahm seine Lupe aus der obersten Schublade und untersuchte den Brief auf irgendwelche Spuren.

Nach einer Stunde legte Van Ruhden die Lupe zur Seite. Er hatte nichts Weiteres herausgefunden. Laut seufzend stand er auf und ging genervt ihn sein Schlafzimmer und schlief erst mal über die ganzen Ereignisse.

Die Nacht verging wie im Flug. Als die ersten Sonnenstrahlen den Erdboden küssten, regten sich die ersten Vögel zu ihrem morgendlichen Gesang. Auch Van Ruhdens Haus auf dem kleinen Hügel über dem Örtchen Eulenschwang wachte kurze Zeit später aus seinem nächtlichen Schlaf auf. Das Haus erstrahlte im warmen Licht der herbstlichen Morgensonne. Als dann Van Ruhden aufgestanden war und sich umgezogen hatte, ging er die Treppe hinunter zum Esszimmer. Es roch herrlich nach frischen Brötchen und Kaffee.

Martha begrüßte ihn wie immer sehr freundlich, und die beiden frühstückten genüsslich, bis Van Ruhden auf seine Uhr sah und feststellte, dass es schon spät war und er zur Arbeit musste.

Er verabschiedete sich von Martha, nahm seine Aktentasche, die er auf den Wohnzimmertisch gelegt hatte, ging aus dem Wohnzimmer in den Flur, streifte sich seinen Mantel von der Garderobe über und ging aus dem Haus in die Einfahrt. Dort wartete auch schon sein Chauffeur mit Van Ruhdens schwarzem Benz auf ihn. Er stieg ein, und das Fahrzeug nahm seinen Weg auf in die schöne Stadt München. Nach einer halbstündigen Fahrt erreichte das Fahrzeug das „DDZ". Van Ruhden stieg aus, verabschiedete sich von seinem Fahrer und nahm seinen Weg hinauf in sein Büro.

Wie er dann sein Arbeitszimmer erreicht hatte, öffnete er mit seinem Schlüssel die Tür und nahm erst mal auf seinem Sessel Platz. Dort sah er, dass auf der rechten Seite seines Sekretärs ein Brief mit einem seltsamen Stempel lag. Der Stempel zeigte das Relief der Münchner Frauenkirche unter einem etwas krummen Goldbogen.

Er holte erneut seinen Brieföffner aus der untersten Schublade, öffnete den Brief mit einer sauberen Bewegung, nahm den Brief aus dem Umschlag heraus und begann den Selbigen zu lesen.

*Sehr geehrter Herr Van Ruhden,*

*ich hoffe, dass mein erster Brief Sie ins Grübeln gebracht hat. Wie Sie sicherlich wissen, freue ich mich schon sehr auf das Treffen morgen. Weitere Informationen erhalten Sie dann morgen am Treffpunkt.*

*P.S. Ziehen Sie sich was Warmes an, es kann kalt werden!*
*Hochachtungsvoll*
*F.*

Van Ruhden blickte vom Brief ab und fragte sich, warum diese ominöse Person ihm noch einen weiteren Brief wegen dieses Treffens geschickt hatte. Ebenso fragte er sich, ob der Person das Treffen wohl so wichtig war, dass sie sich um jeden Preis mit ihm treffen wollte und ihm deswegen noch einen Brief geschickt hatte.

Van Ruhden stand auf und lief sehr nachdenklich und mit ernster Miene in seinem Büro umher. Dabei dachte er daran, was diese Person von ihm wollte, weshalb er sie kennen sollte und was es mit dieser Drohung auf sich hatte. Plötzlich klopfte es laut an der Tür. Van Ruhden schaute erschreckt zur Tür und rief: „Ja, bitte!" Die Tür öffnete sich, und Johannes Schwabbüchner betrat das Büro.

Johannes Schwabbüchner war ein verhältnismäßig großer Mann mit einem Alter von 53 Jahren. Besonders auffällig waren seine großen, blauen Augen. Er trug ein weißes Hemd, dazu eine schwarze Hose, die, von ihrem Aussehen her, erst vor ein paar Tagen gekauft worden sein muss.

Herr Schwabbüchner leitete schon seit zwei Jahren das DDZ in München. Er kümmerte sich um die Zuteilung der Fälle an die Mitarbeiter, aber er ist auch Ansprechpartner für Probleme und Wünsche. Er blieb vor Van Ruhden stehen und sagte zu ihm: „Guten Tag, Herr Van Ruhden, ich hoffe, dass Sie sich in Ihrem neuen Büro zurechtgefunden haben. Ich hoffe, es ist so, wie Sie es erwartet haben?

Ich habe schon von Ihrem merkwürdigen Brief gehört. Frau Meyer hat mich heute Morgen darüber informiert.

So, wie ich Sie kenne, werden Sie dieses Rätsel recht schnell lösen. Genauso, wie Sie es schon letztes Jahr mit dem schwierigen und seltsamen Fall von Helmut Gübbenau erledigt haben.

Aber warum ich eigentlich hier bin: Ich habe einen neuen Fall für Sie. Und zwar wurden gestern in der Pinakothek mehrere teure Gemälde gestohlen.

Da Sie noch Ihren eigenen Fall lösen müssen, werde ich Ihnen die nötigen Unterlagen erst am Montag auf den Tisch legen. Schönen Tag wünsch ich Ihnen und viel Erfolg beim Ermitteln."

Doch bevor Van Ruhden noch etwas sagen konnte, ging Herr Schwabbüchner wieder aus Van Ruhdens Büro heraus, schloss die Tür und verschwand im Korridor mit schnellen und lauten Schritten.

Van Ruhden war etwas verwirrt von dem, was Herr Schwabbüchner zu ihm gesagt hatte. So gestresst hatte Van Ruhden Herrn Schwabbüchner schon lange nicht mehr gesehen. Dennoch fokussierte er sich erst einmal auf seinen eigenen Fall.

Die Uhr schlug 12 Uhr Mittag, und Van Ruhden wurde immer noch nicht schlau aus den anonymen Briefen. Vom vielen Nachdenken hatte Benjamin einen Mordshunger bekommen. Deshalb ging er aus dem Büro, die Treppe hinunter, in den Gemeinschaftsraum, der hinter dem Eingangsportal lag. Der Gemeinschaftsraum war ein gut 100 m² großer Saal, in dem die Angestellten unter anderem zu Mittag aßen. Aber auch wichtige Veranstaltungen und Treffen wurden dort abgehalten.

Van Ruhden nahm wie fast jeden Tag ein Paar Wienerl mit drei Scheiben Brot und dazu eine ordentliche Portion Senf. Ein paar andere Detektiv-Kollegen unterhielten sich, während sie aßen, mit Van Ruhden über die zwei seltsamen Briefe, die er erhalten hatte. Doch auch diese konnten nichts mit der Botschaft oder dem Kürzel in diesen Briefen anfangen. Auch diese verzweifelten daran, was für Informationen er wohl für Van Ruhden bereithielt.

Nach der Mittagspause ging Van Ruhden wieder in sein Büro. Aus der untersten Schublade seines Schreibtisches kramte er einen alten Notizblock hervor, der schon etwas eingestaubt war, als er ihn herausholte. Auch wenn der Sekretär noch recht neu war, sammelte sich ausgerechnet in dieser Schublade etwas Staub an. Er pustete einmal kräftig in die Schublade, sodass der Staub aufgewirbelt wurde. Danach begann er, sich ein paar Notizen auf dem Notizzettel aufzuschreiben.

Nach weiteren zwei Stunden begutachtete Van Ruhden seine Notizen. Plötzlich fiel ihm auf, dass das Papier von den Briefen die gleiche Farbe und Oberflächenstruktur hatte wie von seinem Notizblock. Van Ruhden überlegte, von wem er den Notizblock geschenkt bekommen hatte. Doch leider fiel es ihm nicht mehr ein, da es schon ein sehr alter Notizblock war.

So beschloss Van Ruhden, dass er sich wohl bei dem morgendlichen Treffen überraschen lassen musste. Aber was diese Person wollte, wusste Van Ruhden leider auch nicht. Und so hatte er wegen dieser ganzen Sache ein flaues Gefühl im Magen.

Um Punkt 18 Uhr machte sich Van Ruhden dann auf den Weg nach Hause und freute sich schon auf das leckere Abendessen, das ihm Martha sicherlich gekocht hatte. Nach dem köstlichen großen Schnitzel mit der ordentlichen Portion Kartoffelsalat nahm Van Ruhden noch ein warmes Bad.

Nachdem er seinen Badgang abgeschlossen hatte, sagte er zu Martha noch gute Nacht und ging daraufhin erschöpft von den ganzen Ereignissen schlafen.

# Kapitel 2

Der nächste Morgen brach an, und Van Ruhden stand auf, um sich für das heutige Treffen um 15 Uhr am Sendlinger Tor vorzubereiten. Er wusste immer noch nicht, was die geheimnisvolle Person von ihm wollte – und vor allem, wie die Person ihm nahestehen konnte. Er fragte sich immer, woher er ihn kennen sollte. Dennoch verlief der Morgen wie jeder andere. Van Ruhden machte sich für die Arbeit bereit, und in der Zwischenzeit machte Martha, wie jeden Morgen, ein superleckeres Frühstück in der Küche. Die beiden frühstückten noch ganz gemütlich im großen, gemütlichen Esszimmer, das direkt neben der zu dieser Zeit modern eingerichteten Küche lag. Sie frühstückten bis um neun Uhr, weil dann Van Ruhden nach München zur Arbeit fuhr. In München angekommen, besuchte Van Ruhden noch schnell den Treffpunkt, um sich besser auf das Treffen am Nachmittag vorbereitet zu wissen. Er schaute sich jede noch so kleine Ecke des Platzes um das Sendlinger Tor herum ganz genau an, um so strategisch wichtige Entscheidungen für den Ernstfall treffen zu können. Wie, wenn die ominöse Person sich zum Beispiel aus dem Staub machen wollen würde – damit er sie verfolgen und besser erfassen konnte.

Nachdem er alles ganz gründlich begutachtet hatte, machte er sich auf den Weg zum DDZ, um noch ein paar Akten über die charakteristischen Eigenschaften solcher Menschen zu durchsuchen. Er wollte sich in diese Person hineinversetzen, sie durchschauen können, um nicht überrascht zu werden und ihn beim ersten Kontakt zu überlisten. Van Ruhden verbrachte zwei Stunden im Archiv, das unter dem Gebäude angelegt wurde. Er suchte, bis er einen Lichtblick hatte und alles stehen und liegen ließ. Flott suchte er sein Büro auf. Dort nahm er seinen alten Notizblock, löste das oberste Blatt und chiffrierte dieses mit einem Bleistift.

Und wie Van Ruhden es sich dachte, erschien dort auf dem Blatt eine weitere Botschaft, die folgende war:

*Falls Sie diese Botschaft vor unserem Treffen am Sendlinger Tor auffinden, hoffe ich, dass Sie sich für das Treffen gut vorbereitet haben, denn ich habe eine Überraschung für Sie vorbereitet. Kleines Rätsel noch: Er, der nie begonnen, er, der immer war. Niemals ist und waltet, sein wird immer dar.*

*Hochachtungsvoll*
*F.*

Van Ruhden runzelte nachdenklich die Stirn. Tausend Gedanken schwirrten Benjamin in kürzester Zeit durch den Kopf: Wer war diese merkwürdige Person? Woher kannte er sie? Wie lange plante diese Person schon dieses Treffen? Wie hatte sich die Person Zugang zu seinem Büro, zu seinem Notizblock verschafft? Ohne dass er es bemerkte? Die ganze Arbeit im Archiv hatte ihm auch nicht viel weitergebracht. Nur dass er eine weitere Botschaft mit einem seltsamen Rätsel gefunden hatte. „*Er, der nie begonnen, er, der immer war …*"

Die Quelle hatte Van Ruhden sofort erkannt: Der Anonymus zitierte das Heilig aus Schuberts deutscher Messe. Da kam ihm ein weiterer Gedanke. Schuberts Vorname war Franz. „F." Ob er ein Pseudonym benutzte?

Van Ruhden blieb weitere zwei Stunden in seinem Büro und erledigte noch andere wichtige Angelegenheiten, bis er sich dann auf den Weg zum Treffpunkt am Sendlinger Tor machte.

Van Ruhden erreichte 10 Minuten vor 15 Uhr den Treffpunkt. Wie ein erfahrener Detektiv hatte er seinen Notizblock, seinen Stift und seine Aktentasche dabei. Van Ruhden sah immer wieder aufmerksam in die Menge der vorbeigehenden Leute. Dennoch, er konnte keine verdächtige Person finden, die etwas von ihm wollte. Weniger noch, die er überhaupt kannte. Er sah nur viele beschäftigte Menschen, teils glücklich oder besorgt, wie eine unkontrollierte Masse an ihm vorbeigehen.

Als dann die Uhr Viertel nach drei schlug, dachte sich Van Ruhden, dass ihm jemand wohl einen üblen Streich gespielt hatte, welcher einfach nur äußert präzise und mit großer Sorgfalt sowie Diskretion geplant worden war. *„Ewig ist und waltet, sein wird immer dar ..."* Als Van Ruhden gerade gehen wollte, sah er plötzlich hinter dem Tor in einer Nische einen großen bräunlichen Briefumschlag liegen. Er ging zum Umschlag, nahm ihn, und zu seiner Verwunderung stand groß in derselben Handschrift wie auf den Briefen „Van Ruhden" auf der Vorderseite.

Er packte den Umschlag rasch in seine Aktentasche.

Zur Sicherheit schaute er sich noch einmal um. Als er nichts Wichtiges oder Auffälliges sah, machte er sich unverzüglich auf den Weg in die Zentrale des DDZ.

Als er in seinem Bürosessel saß, nahm er den Umschlag aus seiner Tasche und öffnete diesen daraufhin. Im Umschlag befanden sich mehrere Bilder. Zuerst erschien es Van Ruhden so, als seien dies ganz normale und gewöhnliche Fotos. Nichts Besonderes.

Doch nach genauerem Hinsehen bemerkte er, dass kein Geringer als er selbst auf jedem dieser Bilder zu sehen war.

Er legte die Bilder zurück auf seinen Schreibtisch und fragte sich, wo die Person diese Bilder her hat. Denn es waren alte Bilder seiner Jugend, wo er mit fünf weiteren Personen abgebildet war. Van Ruhden runzelte die Stirn und schaute sich die Bilder noch einmal genau an. Nach kurzem Überlegen fiel Van Ruhden ein, dass diese Bilder in einer kleinen Skihütte, die nach seinen Erinnerungen her bei Garmisch lag, aufgenommen wurden. Damals war er dort mit seinen fünf besten Freunden Karl, Günther, Clemens, Heinz und Manfred. Sie alle waren bei diesen Bildern etwa 15 Jahre alt. Das größte und markanteste Foto zeigte sie, wie sie an einem großen Tisch saßen, der sich in der Mitte der kleinen Hütte befand. Alle lächelten glücklich in die Kamera. Er erinnerte sich daran, dass sie damals das erste Mal zusammen und nicht bei einen ihrer Eltern übernachtet hatten. Ein anderes Bild zeigte die gekreuzten Skier, die im Schnee steckten. Wieder ein anderes zwei der Freunde, die schunkelnd und mit Bierkrügen in der Hand auf der Eckbank saßen.

    Van Ruhden legte die Bilder wieder auf die Seite, ging zu einer schönen hölzernen Vitrine, die in der hinteren Ecke des Büros stand, nahm ein Glas heraus und dazu eine Flasche Cognac. Er setzte sich wieder auf seinen Sessel, stellte das Glas auf seinen Sekretär und schenkte sich das Glas zu einem Viertel mit Cognac voll. Mit einer Hand nahm er eines der Bilder, mit der anderen das Glas. Er schaute sich das Bild noch einmal ganz genau an und trank dabei genüsslich einen kleinen Schluck. Aus einer seiner Schubladen kramte er ein kleines Fingerabdruck-Set hervor und berieselte die Fotos mit dem schwarzen Pulver. Dann strich er mit dem breiten Feinhaarpinsel, der an einen Rasierpinsel erinnerte, über die Fotografien. Aber nichts ... Er übte den Vorgang auf allen Fotos noch einmal aus. Als er gerade aufgeben wollte, erhaschte er im Augenwinkel einen kleinen Abdruck am rechten Rand eines der Bilder. Der Abdruck war nicht sonderlich groß und auch nur schwer gebräuchlich, aber immerhin. Sofort machte er einen Abstrich davon und stellte es sicher. Schließlich konnte dies der erste Hinweis sein.

    Das Bild zeigte Van Ruhden und einen seiner Freunde Arm in Arm. Das Gesicht des anderen Jungen war leider schon etwas verblasst, weshalb er ihn nicht namentlich zuordnen konnte.

    Es wurde Abend, und Van Ruhden packte die Bilder in seine Aktentasche, nahm seinen Mantel vom Kleiderständer und auch seinen Hut. Daraufhin ging er nach draußen in die belebten Gassen der Großstadt. Sein Weg führte ihn durch viele kleine Straßen hindurch. Überall waren Menschen, die entweder gehetzt waren oder nachdenklich, die wie er die Häuser entlangliefen oder mit anderen Personen redeten und dabei herzlichst lachten. Als Van Ruhden bei seinem schwarz glänzenden Benz ankam, sagte er seinem Chauffeur Bescheid, dass er noch warten soll. Ein kleiner Spaziergang am Isarufer würde Van Ruhden jetzt gut tun. Nach ein paar hundert Metern setzte er sich auf eine Parkbank und ließ anschließend den Tag Revue passieren. Dabei schaute er in den wunderschönen Sonnenuntergang und beobachtete, wie die Sonne hinter der Frauenkirche versank. Nachdem die Sonne verschwunden war, ging er zurück zu seinem Wagen, stieg ein, und die Fahrt zu seinem Anwesen auf dem schönen Land im Süden von München begann.

Es war eine angenehme Fahrt. Die Sterne strahlten an diesem Abend besonders stark, dachte Van Ruhden.

Als dann der Wagen im Hof vor Van Ruhdens Haus anhielt, nahm er seine Aktentasche, stieg aus, bedankte sich bei seinem Fahrer und wünschte ihm ein angenehmes Wochenende. Dieser bedankte sich wiederum bei Van Ruhden und fuhr daraufhin in das Dorf Eulenschwang, das sich nicht weit von dem Anwesen von Van Ruhden befand. Es war eine laue und angenehme Nacht. Er ging zur Haustür, schloss diese mit seinem Schlüssel auf und betrat das Gutshaus.

Im Haus angekommen, legte er seinen Mantel und seinen Hut ab und ging daraufhin in das Wohnzimmer, wo Martha schon auf ihn wartete. Martha fragte, als sie Van Ruhden um die Ecke in das Wohnzimmer gehen sah: „Und, Herr Van Ruhden, wie verlief denn Ihr Treffen am Sendlinger Tor? Was wollte diese Person von Ihnen?" Van Ruhden antwortete daraufhin mit folgenden Worten: „Zu meiner Verwunderung war niemand an dem Treffpunkt. Dort befand sich nur ein Briefumschlag mit alten Fotos von mir und meinen besten Freunden aus der Jugendzeit. Ich weiß einfach nicht, wo diese Person diese Bilder her hat."

Van Ruhden setzte sich nachdenklich auf seinen Sessel, und Martha tat es ihm gleich und setzte sich auf ihren Sessel, der gegenüber dem Sessel von Van Ruhden stand. Die beiden unterhielten sich noch lange, bis es schon spät in der Nacht war. Dabei vergaßen die beiden, dass sie heute Abend gar nicht zu Abend gegessen hatten.

Um kurz nach 23 Uhr beendeten sie ihr intensives Gespräch und gingen nach oben in ihre Schlafzimmer. Sie machten sich fertig für die Bettruhe in ihren jeweiligen Räumen. Van Ruhden stellte noch schnell seine Aktentasche an die massive Garderobe, die ihm damals ein alter Freund geschenkt hatte. Nachdem er die Tasche verstaut hatte, schaute er noch ein wenig aus dem Fenster in den sternenklaren Himmel und dachte noch einmal etwas über das Treffen, was nicht direkt stattgefunden hatte, nach.

Danach legte er sich nach seinem anstrengenden Tag in sein gemütliches Bett, schaltete seine gute, alte Lampe aus und schlief ein.

## Kapitel 3

Als dann am frühen Morgen die ersten Sonnenstrahlen die Natur wieder zu ihrem morgendlichen Treiben erweckte, stand Van Ruhden aus seinem Bett auf, um in den Tag zu starten. Er freute sich schon auf ein gemütliches und schmackhaftes Frühstück. Da heute Samstag war, musste Van Ruhden nicht zur Arbeit gehen, da das DDZ nur montags bis freitags geöffnet hatte. An Wochenenden arbeiteten die Detektive von zu Hause aus oder führten Recherchen an den einzelnen Tatorten durch.

Vor dem Frühstück jedoch ging Van Ruhden zuerst in das Badezimmer, um sich für den heutigen Tag frisch zu machen. Nachdem sich Van Ruhden im Badezimmer gewaschen hatte, ging er die Treppe in das Esszimmer hinunter. Als er es betrat, grüßte ihn Martha freundlich. Die beiden frühstückten eine ganze Weile. Als sie mit dem Frühstück fertig waren, räumte Martha den Tisch auf und bat Van Ruhden: „Ach, wissen's was, Herr Van Ruhden, könnten's bitte noch die Briefe später zur Post bringen, wenn's schon unterwegs san, i hob leider noch viel zu viel im Haus zu tun."

„Ich nehme die Briefe gerne mit zur Post, da ich selber auch noch ein paar Briefe schreiben und wegschicken muss. Bitte legen Sie die Briefe auf den Wohnzimmertisch. Ich nehme sie mir dann später mit", antwortete Van Ruhden. Nach diesem kurzen Gespräch ging Van Ruhden die Treppe hinauf in sein Arbeitszimmer. Dort angekommen, setzte er sich in seinen Sessel. Aus dem Schreibtisch entnahm er aus der zweitobersten Schublade fünf Blätter edles Briefpapier. Er schrieb seinen alten Freunden Karl, Günther, Clemens, Heinz und Manfred. Da diese auch auf den Bildern zu sehen waren, wollte er sie auf ein Treffen bei sich zu Hause „am nächsten Mittwoch, den 20. September 1922, um 20 Uhr, einladen", schrieb er wörtlich in die Briefe.

Nachdem er die selbigen verfasst hatte, packte er sie in dafür passende Umschläge, schrieb noch die jeweiligen Adressen darauf und klebte Briefmarken auf die obere rechte Ecke.

Daraufhin ging Van Ruhden mit den Briefen die Treppe hinunter in das Wohnzimmer und nahm die anderen Briefe vom Tisch weg.

Er ging in den Gang, nahm seinen Mantel und verließ das Haus, um seinen Weg zur Post zu beschreiten.

Die Post lag in dem kleinen Ort Eulenschwang, der sich 300 Meter hinter dem kleinen Hügel, auf dem das Anwesen von Van Ruhden ansässig war, befand. Das Dörfchen hatte einen schönen Namen, wie Van Ruhden schon immer fand.

Van Ruhden entschied sich nicht für den direkten Weg nach Eulenschwang, sondern nahm den etwa 500 Meter längeren Weg entlang des Ufers der Isar. Dort herrschte immer eine ruhige und entspannte Atmosphäre, durch das Plätschern des Flusses, das Zwitschern der Vögel oder das Windspiel der Blätter in den Bäumen. Hier war er gerne, denn hier fühlte er sich frei, und es war ein guter seelischer Ausgleich für sein doch oft stark belastendes Berufsleben. Das war eines seiner kleinen Geheimnisse für die schon jahrelange erfolgreiche Arbeit.

Als Van Ruhden den Ortseingang erreichte, begannen die Glocken der barocken Kirche St. Peter zu läuten.

Nach weiteren 100 Metern erreichte Van Ruhden das Postamt von Eulenschwang.

Er ging hinein und sah schon auf den ersten Blick seinen alten Freund Joachim, der Postmeister hier in Eulenschwang war. Die beiden unterhielten sich eine ganze Weile, dabei vergaß Van Ruhden fast die Briefe.

Nachdem er sie dann bei Joachim abgegeben und losgeschickt hatte, machte er sich wieder auf den Weg zurück nach Hause. Unterwegs jedoch verweilte er noch auf seiner Lieblingsbank am Ufer der Isar.

Er saß dort bis zum Mittag. Dabei beobachtete er die vielen Fische und die Vögel.

Als es dann 13 Uhr schlug, fiel ihm auf, wie spät es geworden war, und er machte sich sofort auf den Weg.

Kurze Zeit später, als er das Haus betrat, hörte er schon Martha aus der Küche rufen: „Ja, wo waren's denn so lang? Ham's noch a bisserl auf der Bank g'sessen und überlegt?"

Van Ruhden antwortete darauf: „Ja, das habe ich, und ich muss mal wieder die Zeit aus den Augen verloren haben." Dabei lachte Van Ruhden, da dies ziemlich häufig passierte.

Nach dem Mittagessen erledigte Martha noch ein paar ihrer restlichen Aufgaben, und Van Ruhden las dabei die wichtigsten Zeitungen der Woche im Wohnzimmer.

Der restliche Tag verlief dann ohne weitere nennenswerte Vorkommnisse. Am Abend gingen dann beide wieder hinauf in ihre Schlafzimmer und schliefen sehr schnell und in Ruhe ein.

Am nächsten Morgen standen beide auf, machten sich frisch und frühstückten gemütlich.

Wie jeden Sonntag machte sich Van Ruhden nach dem Frühstück auf zu einem langen Sonntagsspaziergang.

Dabei ging er stets seinen Weg hinunter, am herrlichen Isarufer entlang, durch Eulenschwang hindurch, bis an eine kleine Brücke. Van Ruhden setzte sich auf die kleine Bank, die mittig auf dem Brückenbogen ausgelegt war.

Die Bank lag dabei in Blickrichtung Süden. Von hier aus hatte er einen traumhaften Blick auf die Alpen. Der erste Schnee lag schon auf den höchsten Gipfeln der Berge.

Während er in die Alpen sah, schweifte sein Blick zur Zugspitze, und er sagte sich innerlich: „Irgendwo dort in den Bergen steht die kleine Skihütte, in der die Bilder aufgenommen wurden. Welche Abgründe werden diese Bilder mir noch auftun?", überlegte Van Ruhden. Er schaute noch eine Weile in die Berge, bis jemand sich hinter ihm räusperte.

Van Ruhden drehte sich um und erblickte einen Mann mittleren Alters. Dieser trug einen braunen Mantel und einen Trachtenhut. Nachdem Van Ruhden sich zu ihm umgedreht hatte, sagte der Mann: „Guten Tag, mein Name ist Erich Glockenbüchler. Sind Sie Benjamin van Ruhden?"
„Ja, der bin ich. Was kann ich für Sie tun, Herr Glockenbüchler?", antwortete Van Ruhden auf die Frage. „Ich habe hier ein Päckchen von Nikolaus Seenberger für Sie."
„Für mich? Und das an einem Sonntag?", fragte Van Ruhden verdutzt. Herr Glockenbüchler antwortete auf Van Ruhdens skeptische Frage mit folgenden Worten: „Ja. Herr Seenberger ist ein alter Freund von mir, und er meinte, dass es dringend sei. Also: Hier haben Sie das Paket. Ich muss weiter, denn ich habe noch einen wichtigen Termin in Miesbach."

Nachdem Van Ruhden das Paket an sich genommen hatte, verschwand Herr Glockenbüchler in schnellen Schritten in Richtung Osten.

Van Ruhden runzelte die Stirn. Er fragte sich, was das gerade für eine merkwürdige Situation war. Dabei fiel sein Blick auf das kleine braune Päckchen. Van Ruhden öffnete das Paket, und zu seiner Verwunderung war ein kleiner Anstecker aus Eisen darin. Der Anstecker hatte die Form einer Dampflokomotive. Van Ruhden freute sich sehr über den Pin und steckte ihn sofort an seinen Hut. Er freute sich sogar so sehr darüber, dass er glatt vergaß, dass er ihn von einer unbekannten Person geschenkt bekommen hatte. Mit freudestrahlendem Gesicht ging er zurück nach Hause. Dort angekommen, setzte sich Van Ruhden im Wohnzimmer auf seinen gemütlichen Sessel, verschränkte seine Beine und nahm die aktuellste Tageszeitung vom Tisch. Schon das Titelblatt mit der Überschrift „Junge (12) wurde tot in der Isar gefunden" brachte Van Ruhden zum Nachdenken, und er begann, sich den geschwungenen Bart zu zwirbeln.

„Das war nun schon der zweite Junge, der dieses Jahr tot in der Isar gefunden wurde", murmelte er in seinen Schnauzer. Bei dem ersten Fall im April hatte Van Ruhden mitgearbeitet und konnte den Täter nach zweiwöchiger harter Arbeit überführen.

Nachdem sie den Täter gestellt hatten, tötete sich dieser in seiner Verzweiflung mit einem direkten Stich in die linke Herzklappe. Allein der Anblick, wie das Blut aus der Stichwunde auf den Boden floss, war für manche Frischlinge so unerträglich, dass diese sich hinter dem nächsten Gebüsch übergeben mussten.

Das Interessanteste an der Geschichte war jedoch, dass der Mörder zu Van Ruhden gesagt hatte, er wäre in großer Gefahr. Van Ruhden dachte sich dabei nichts, da der Mann stark an einer psychotraumatischen Krankheit litt, die von einer schwierigen Kindheit herrührte. Das letzte Mal, als Van Ruhden den Mann gesehen hatte, war bei den letzten pathologischen Arbeiten in der Gerichtsmedizin.

Der Mann hatte tatsächlich ein Lächeln auf dem Gesicht. Dies war ebenfalls auf seine Krankheiten zurückzuführen, da er sich im Moment des Todes befreit fühlte.

Van Ruhden blätterte weiter zu den Werbeanzeigen. Dort fand er hin und wieder lustige Sprüche, die ihn gelegentlich zum Lachen brachten. Auch heute fand er wieder eine lustige Anzeige. Eine kleine Brauerei in Bichl warb für ihr Bier mit einer neuen Rezeptur. Doch dabei ist den Damen und Herren ein kleiner Fehler unterlaufen. Anstatt dass diese sich ihre eigenen Werbesprüche ausdenken, haben sie einfach den Spruch von einer anderen kleinen Brauerei genommen. Sie dachten bestimmt, das würde niemand bemerken, doch wurden diese zwei Werbeanzeigen genau untereinander gedruckt. Was sehr komisch aussah, aber zudem auch sehr witzig war. Daraufhin legte er die Zeitung wieder zurück auf den Tisch, stand auf und machte sich auf den Weg in die Küche.

In der Küche stand Martha und kochte gerade Schweinsbraten und Klöße für das heutige Abendessen. Van Ruhden erzählte ihr alles, was er heute erlebt hatte. Nach dem Abendessen unterhielten sich die beiden noch ein bisschen, bis Van Ruhden nach oben in sein Zimmer ging und sich schlafen legte.

Am nächsten Morgen machte sich Van Ruhden nach dem Frühstück auf den Weg nach München. Im DDZ angekommen, herrschte dort, wie jeden Montag, reges Treiben in der Haupthalle. In seinem Büro erblickte er gleich schon zwei Akten auf seinem Sekretär. Er wusste gleich, dass diese die Akten vom Raub in der Pinakothek sein mussten. Da er ohne die Mithilfe seiner Freunde im Moment nicht weiterkam an seinem aktuellen Fall, nahm er die Akten vom Tisch, setzte sich in seinen Sessel und begann diese zu lesen.

*München, den 14.09.1922*
*Aktennummer: 130922D2*
*Detektiv: Franz Stichberger*

*Am Mittwoch, den 13. September – mehrere sehr teure Gemälde aus der Pinakothek gestohlen. Laut Zeugenaussagen waren die Bilder, als die Pinakothek geschlossen war, noch an ihren Plätzen. So ist davon auszugehen, dass die Bilder in der Nacht vom 13. auf den 14. aus der Pinakothek gestohlen wurden. Nachdem die ersten Mitarbeiter das Gebäude betraten, fiel schnell auf, dass 3 Gemälde gestohlen wurden. Als um 07:35 Uhr die Polizei eingetroffen ist, wurde das Gebiet gründlich durchsucht. Dabei wurde an einer Stelle, an der das teuerste Gemälde hing, welches einen geschätzten Wert von 375 000 Reichsmark – in Worten Dreihundertfünfundsiebzigtausend – hat, ein kleiner blauer Fleck entdeckt. Dieser war sehr ölig und könnte einen Hinweis auf den Täter geben. Des Weiteren wurden keine sonstigen Hinweise bis dato fündig gemacht.*

*München, den 14.09.1922*
*Franz Stichberger*

Van Ruhden schloss die Akten, legte sie auf den Tisch und dachte über den blauen Fleck nach. Den Einzigen, den er kannte, der seine Taten immer mit einem solchen Fleck gekennzeichnet hatte, war ein Mann mit dem Namen Helmut Gübbenau, der eigentlich Heinz mit erstem Vornamen hieß, doch um Verwirrung mit seinem guten Freund Heinz zu vermeiden, sprach er ihn immer mit seinem Zweitnamen an. Dieser sitzt allerdings in Grünwald in der bestgeschützten Irrenanstalt Europas. Also konnte es Helmut Gübbenau nicht sein. Oder konnte er es doch sein? Nein! Vielleicht war er es nicht selber. Vielleicht waren es seine Gesellen, die weiter für Chaos in München sorgen? Wahrscheinlich um Rache zu üben, dass Van Ruhden ihn überführt hatte. Oder aber es war ein Trittbrettfahrer.

Er nahm seinen Mantel, öffnete seine Tür und machte sich sofort auf den Weg nach Grünwald.

# Kapitel 4

Als er aus dem Gebäude auf den Platz hinausging, machte er sich auf den Weg zum Karlsplatz, um dort mit der Straßenbahn Richtung Grünwald zu fahren. Dabei ging er über den Marienplatz, der wie immer zu dieser Zeit des Tages nur so von beschäftigten Menschen wimmelte.

Er bahnte sich seinen Weg durch die Menschenmassen hindurch zum Karlsplatz.

Als er dann am besagten Ort angekommen war, nahm er die nächste Straßenbahn, die in Richtung Grünwald fuhr.

Als schließlich die Straßenbahn in die Station einfuhr, stieg er in den Triebwagen ein und suchte sich einen schönen Sitz am Fenster. Nach kurzer Zeit erhellte ein lauter Warnton den Wagen, die Türen schlossen sich mit einem lauten Ruck, und der Wagen setzte sich mit dem harmonischen „Anfahrton" der Elektromotoren in Richtung Grünwald in Bewegung.

Während der Fahrt schaute Van Ruhden aus dem Fenster und sah die Fassaden der Großstadt an sich vorbeiziehen.

Nach einer zwanzigminütigen, ruhigen Fahrt erreichte Van Ruhden sein Ziel, die Haltestelle mit dem Namen „Schwanenhöhe". Die Straßenbahn kam zum Stehen, er stand von seinem Sitz auf, lief zur nächsten Tür, öffnete diese und stieg aus der Bahn. Wenige Sekunden später fuhr die Straßenbahn mit flotter Geschwindigkeit weiter, und der Fahrtwind zerrte an seinem Sakko.

Van Ruhden machte sich nun weiter auf den Weg in Richtung der „Klinik für nicht heilbare Psychologische Krankheiten München-Grünwald".

Dazu musste er nur hinter der Haltestelle in eine lange Pappelallee einbiegen und würde nach 500 Metern den Eingang in den Klinikpark erreichen.

Am Eingang angekommen, wurde er von einem großen starken Mann abgepasst, der zu ihm sagte: „Was wollen Sie hier? Betreten nur mit Erlaubnis der Stadtverwaltung München." Van Ruhden zog aus seiner Tasche seinen Detektivausweis heraus und sagte: „Gestatten, mein Name ist Benjamin van Ruhden, und ich müsste dringend mit Helmut Gübbenau sprechen."

„Ich verstehe, gehen Sie bitte hindurch", antwortete der Mann am Eingangstor und wendete sich um 90 Grad, um den gerade eben noch mit seinen breiten Schultern versperrten Weg freizumachen.

Van Ruhden ging dankend durch das Tor hindurch, zog dabei seinen Hut mit dem neuen Pin ab und war in einem riesigen und sehr gepflegten Park angelangt. Um ihn herum waren schön angelegte Blumenbeete, viele Sitzmöglichkeiten und ein großer See mit einer leisen, vor sich hin glucksenden Fontäne.

Als er weiter die Hauptstraße vorangeschritten war, sah er das große Hauptgebäude, das die prunkvolle Architektur einer Villa besaß. Dieses wurde so gebaut, um die Einrichtung zu tarnen, und deshalb wurde es ähnlich wie die anderen Villen in der Nachbarschaft angelegt.

Als Tarnung des Gebäudes gehörte das Anwesen einer reichen Familie aus England. Nur sehr wenige Leute wissen, dass sich hier eine Nervenklinik befindet, und Van Ruhden gehört zu den Wenigen. Natürlich war das auch mehr oder weniger eine Sicherheitsmaßnahme, denn je weniger Leute davon wussten, desto besser war das für das Volk und das Allgemeinwesen.

Van Ruhden öffnete die große Eingangstür und betrat die große und prachtvolle Lobby der Klinik.

Am großen Empfangsschalter fragte er die junge Dame nach Helmut Gübbenau. Die Frau sagte zu ihm, er solle kurz warten, es wird gleich jemand zu ihm kommen, der ihm weiterhilft. Van Ruhden nahm auf einer Bank an der rechten Seite der Lobby Platz. Während der Wartezeit schaute er sich den prachtvollen, mit Gold verzierten Kronleuchter an. Nichts in diesem Gebäude wies darauf hin, dass dies hier eine Klinik war, was kein Nachteil war. Das beruhigte die Angestellten und vor allem die Insassen ganz unterbewusst. So wurden sie ein wenig von ihrem traurigen Schicksal abgelenkt oder zumindest nicht unnötig damit konfrontiert.

Nach zwei Minuten Wartezeit kam ein Mann mit einem weißen Kittel auf Van Ruhden zugelaufen und bat ihn: „Herr van Ruhden? Wenn Sie mir bitte folgen wollen …" Er schritt flott voraus. Als die beiden nach einem kurzen Weg in einem Büro im Westflügel des Gebäudes Platz genommen hatten, sagte der Mann zu Van Ruhden: „So, jetzt aber noch mal ganz formell und nicht so zwischen Tür und Angel. Mein Name ist Dr. Abels, Leiter der Klinik. Und Sie sind dann wohl Herr van Ruhden, den man mir zugewiesen hat?" Van Ruhden antwortete mit folgenden Worten auf die Frage von Dr. Abels: „Ja der bin ich. Ich bin hier, um mit Helmut Gübbenau zu sprechen."

„Das verstehe ich, Herr Van Ruhden. Ich kann Sie auch gleich zu ihm bringen, doch davor müsste ich noch wissen, was Sie von ihm wollen, wegen der Sicherheit des Patienten und der Klinik", antwortete Dr. Abels und machte dabei einen äußerst ernsten und seriösen Eindruck.

„Es ist Folgendes: letzten Mittwoch wurden mehrere wertvolle Gemälde aus der Pinakothek gestohlen, und ich ermittle in diesem Fall als Hauptdetektiv. Nun wurde an einer Wand ein blauer Fleck als Hinweis ausgemacht, was zu der Vorgehensweise von Helmut Gübbenau passte, die er während seiner Verbrechenszeit anwendete. Ich würde ihn gerne fragen, ob seine Leute hinter dem Diebstahl stecken", antwortete Van Ruhden mit einem schnellen Tonfall, da er etwas nervös war, weil Helmut ihm so viel Ärger eingebracht hatte und damals ihn und das DDZ verraten hatte, da er der ehemalige Kollege von Van Ruhden war.

Dr. Abels sagte dann noch zu Van Ruhden: „Sie müssen wissen, Herr Gübbenau ist in letzter Zeit wieder instabil. Er hatte bis gestern wieder seine Anfälle und hat auch wieder das ganze Papier mit ein und demselben Satz vollgeschrieben. Heute scheint er mir wieder etwas ruhiger zu sein. Ich werde kurz nach ihm sehen und Sie dann informieren, wenn er Sie erwarten kann." Dr. Abels ging aus seinem Büro und sagte zu Van Ruhden: „Ich bin gleich wieder da, Herr Van Ruhden." Die Tür schloss sich, und lange Zeit passierte gar nichts.

In der Zwischenzeit schaute sich Van Ruhden etwas im Büro des Klinikleiters Dr. Abels um.

Das Zimmer war in einem klaren Weiß gestrichen, die Tür war eine schöne, elegant verzierte dunkelbraune Holztür.

An der anderen Wand waren zwei kleine Fenster angebracht, doch durch die geringe Größe fiel nicht viel Licht hinein.

In der Mitte des Raumes stand ein großer Holzschreibtisch, kleinlichst aufgeräumt, es befanden sich nur eine kleine Pflanze, ein Bogen unbeschriebenen Papieres, eine Lampe und eine Füllfeder darauf.

Gegenüber dem Schreibtisch stand ein großes Bücherregal mit vielen Büchern über Psychologie, Pharmazeutik der Nervenheilkunde und lauter anderer Literatur.

Als Van Ruhden gerade ein Buch aus dem Regal nehmen wollte, kam Dr. Abels wieder in das Zimmer und wendete sich an ihn. „Herr Van Ruhden, bitte folgen Sie mir, Herr Gübbenau ist bereit, mit Ihnen zu sprechen."

Van Ruhden ging mit Dr. Abels aus dem Raum in den Korridor. Diesen gingen sie 50 Meter entlang, bis sie an einer Tür am Ende des beige gestrichenen Korridors angelangt waren.

Der Eingang wurde von zwei Sicherheitsleuten bewacht. Diese hatten einen Schlagstock und eine Taschenlampe an ihrem Gürtel. Die Männer waren sehr groß, vor allem waren sie sehr muskulös, und zudem hatten sie einen sehr angsteinflößenden Gesichtsausdruck. Dr. Abels kramte seinen Schlüsselbund aus seiner Kitteltasche, steckte den bronzenen Schlüssel in das Schloss, drehte den Schlüssel zwei Umdrehungen nach links, und dann öffnete der Doktor die Tür, die sehr schwer aufzugehen schien. Währenddessen ertönte ein lautes Knarzen aus dem Türgelenk.

Als die beiden Männer eintraten, schaute einer der Wachleute Van Ruhden mit schräger Miene an, doch weiter passierte nichts.

Sie befanden sich in einem engen, dunklen und leicht feuchten Treppenhaus. Herr Abels ging mit ihm die Treppen hinunter. Da es dort recht dunkel war, ging Dr. Abels mit einer Taschenlampe voraus.

Die beiden gingen die ganzen Treppen hinunter, bis sie im 3. Untergeschoss angekommen waren.

Während sie die Treppen hinunterliefen, ließen sie zwei weitere Türen hinter sich liegen. Die Türen sahen wie die obige Tür am Eingang aus, nur mit dem Unterschied, dass diese Türen zusätzliche Aufschriften hatten.

Die Aufschriften lauteten „Sektion 1" und „Sektion 2". Sie gingen weiter und gelangten wieder an das Flurende. Dort befand sich eine weitere Tür mit der Aufschrift „Sektion 3".

Nachdem Dr. Abels diese Tür aufschloss, wurde Van Ruhden von zwei weiteren starken und großen Sicherheitsleuten durchsucht.

Nach der Kontrolle, bei der sie natürlich nichts Merkwürdiges bei Van Ruhden gefunden hatten, befanden sie sich in einem großen leeren Raum mit drei weiteren Türen und einer weißen Bank in der Mitte. Was diese zu bedeuten hatte, fragte sich Van Ruhden auch schon bei seinem letzten Besuch vor gut einem Jahr.

Was er vermutet, ist, dass dies so eine Art Wartebereich für die Besucher sein konnte, da früher hier im dritten Untergeschoss keine Patienten mit unheilbaren psychischen Krankheiten untergebracht wurden.

Früher wurden hier hauptsächlich Patienten aufgenommen, für die ein medizinisches Gutachten erstellt wurde – sie wurden dann in andere Sektionen verlegt. Erst vor zwei Jahren wurde das dritte Untergeschoss nach dem Umbau vom zweiten Stock nach hier unten verlegt. Die Verlegung der Station wurde veranlasst, da es schon mehreren Personen gelungen war, aus dem Gebäudekomplex auszubrechen. Um dies zu verhindern, wurde diese Station bzw. Sektion hier in das dritte Untergeschoss verlegt, und seitdem ist es niemandem mehr gelungen, aus dem Gebäude auszubrechen. Dies war laut dem geheimen Gebäudeplan auch unmöglich, da die Sicherheit stark vergrößert wurde und die Wände verstärkt. Die Türen waren aus schwerem Stahl, eine Art Schleusensystem.

In dem seltsamen Raum gingen sie durch die rechte Tür mit der Aufschrift „Sektion 3B". Als sie die Tür passiert hatten, standen sie in einem weiteren weißen und leeren Korridor, die Wände waren mit Gummipolstern verkleidet.

Es lag ein Geruch von Kunststoff und Reinigungsmitteln in der Luft, was den Korridor neutral, kalt und unheimlich wirken ließ. Herr Abels drehte sich zu Van Ruhden um und sagte mit ernster Miene zu ihm: „Da sind wir, Herr Van Ruhden. Bevor Sie mit ihm sprechen können, müssen Sie nur noch durch die Tür mit der Aufschrift ‚3B4' gehen. Dort werden Sie das Zimmer von Herr Gübbenau vorfinden. Sie haben genau 10 Minuten und keine Minute länger, bitte bleiben Sie ruhig und passen Sie bitte auf, Herr Gübbenau ist zurzeit sehr leicht reizbar. Gehen Sie bitte hinein, Sie haben ab jetzt genau zehn Minuten. Ich werde Sie nach den zehn Minuten wieder zum Empfang bringen."

Van Ruhden nickte und ging durch die Tür mit der Aufschrift „3B4" hindurch. Dort befand er sich in einem weiteren, ca. fünf Meter langen Raum, der zum Unterschied zu den anderen eine abgerundete Decke mit eingebauten Lampen hatte.

Im zweiten Drittel des Raumes stand eine verstärkte Glasscheibe zwischen den Wänden und davor ein Stuhl.

Van Ruhden ging durch den mit Gummi verkleideten Raum zu dem Stuhl, setzte sich langsam hin und sah vorsichtig durch die Scheibe in das Zimmer. Immer wieder prüfte sein Blick die linke und rechte Ecke. Als seine Augen erneut die linke Ecke streiften, erkannte er schon die etwas bläulichen Haare, die durch einen Gendefekt entstanden waren.

Herr Gübbenau hatte seit seinem Aufenthalt viel Gewicht verloren. Er hatte ein weiß-gräuliches Hemd an und stand zunächst mit dem Rücken zur Scheibe, und Van Ruhden sah, dass in Gübbenaus Nacken mehrere Narben zu erkennen waren. Plötzlich drehte sich Gübbenau um und rannte mit leerem Blick auf die Scheibe zu. „Hallo Benjamin, schön, dass du mich mal wieder besuchen kommst. Na, was bringt dich zu mir? Vermisst du mich etwa? Waren die Morde und Diebstähle noch nicht genug für dich? Willst du etwa noch mehr? Du alte Schnüffelnase." Van Ruhden schaute Helmut Gübbenau entsetzt an und antwortete ihm nervös nach einem Räuspern: „Nein, dafür bin ich nicht da. Aber weswegen ich da bin, ist, dass am letzten Mittwoch mehrere Gemälde aus der Pinakothek gestohlen wurden und auf einer Wand, wo eines dieser Gemälde hing, ein blauer Fleck gefunden wurde."

„Und jetzt denkst du, Benjamin, dass ich was mit der Sache zu tun habe? Und wie soll ich das angestellt haben? Geh ich vielleicht nachts heimlich hier hinaus und klaue Gemälde? Für wie dämlich hältst du mich, Benjamin?", unterbrach er Herr Van Ruhden.

Dieser antwortete auf diese Aussage mit folgenden Worten: „So habe ich das nicht gemeint. Ich meinte nur, dass Sie etwas darüber wissen könnten, ob noch jemand anderes Ihre Kennung benutzt?"

„Woher soll ich das denn wissen? Ich sitze jetzt schon über ein Jahr hier in diesem Raum und werde von Tag zu Tag verrückter. Und so was nennt man eine Klinik. Ich sage es dir, Benjamin, ich habe nichts damit zu tun und weiß nichts darüber, was in der Weltgeschichte passiert", parierte Helmut Gübbenau mit einer etwas gereizten Stimme.

„Beruhig dich bitte, Helmut. Es gibt keinen Grund zum Überreagieren." „Du willst mir also unterstellen, ich würde überreagieren?", patzte Gübbenau mittlerweile recht barsch und sehr aufgebracht heraus. Gleichzeitig trat er seinen Stuhl aus der Ecke um. „Helmut, bitte", versuchte Van Ruhden ihn mit einer monotonen Stimme zu beruhigen. „Nein, nicht bitte! Und nenn mich nicht Helmut, verstanden?" In diesem Moment öffnete sich die Tür zum Korridor, und das Gesicht von Dr. Abels erschien und sagte zu Van Ruhden, dass es jetzt besser wäre, wenn er wieder gehen würde. Außerdem wären die zehn Minuten ohnehin fast verstrichen. Als Van Ruhden gerade gehen wollte, schrie Helmut Gübbenau: „Geh doch, ich brauch dich hier nicht! Komm ja nie wieder, du elender Anfänger!" Van Ruhden drehte sich nicht um und verließ den kleinen Korridor.

Wieder im Wartebereich angekommen, sagte Herr Abels zu Van Ruhden: „Sie haben ja gesehen, dass Herr Gübbenau im Moment etwas verwirrt ist, nachdem er diese Phase abgeschlossen hat. In wenigen Tagen wird er sich an Ihren Besuch nicht mehr erinnern, schätze ich. Diesen Gedächtnisschwund hat Herr Gübbenau immer nach solch einer Phase. Wenn Sie mir bitte wieder nach oben folgen wollen, ich bringe Sie zum Ausgang."

Van Ruhden ging mit Dr. Abels wieder zurück in das Erdgeschoss. Dort verabschiedete sich Van Ruhden von dem Arzt und verließ das Klinikgelände.

Als er wieder an der Straße angekommen war, wartete er auf die nächste Straßenbahn in Richtung Innenstadt. Dort angekommen, ging er in sein Büro, holte ein Blatt Pergament aus seinem Sekretär und schrieb seinen ersten Bericht in diesem Fall, in dem er Folgendes erfasste:

*München, den 18.09.1922*
*Aktennummer: 130922D2*
*Detektiv: Benjamin van Ruhden*

*Mit dem Hinweis eines blauen Fleckes an der Wand wurde zur Kenntnis genommen, dass dieser dem Vorgehen des ehemaligen Mitarbeiters und späteren Schwerverbrechers Helmut Gübbenau ähnelt.*
*Daher wurden Nachforschungen in der „Klinik für nicht heilbare Psychologische Krankheiten München-Grünwald" durchgeführt.*
*In diesem Fall wurde eine Befragung mit Herr Gübbenau abgehalten.*
*Protokoll der Befragung:*
*Ihm wurde die Frage gestellt, ob er etwas über den Diebstahl in der Pinakothek wusste. Auch wurde über den blauen Fleck befragt, ob H. Gübbenau irgendeine Information dazu hätte.*

*Er antwortete, dass er nichts wüsste und er von der Außenwelt abgeschnitten sei.*
*Damit war die Befragung abgeschlossen.*

*München, den 18.09.1922*
*Benjamin Van Ruhden*

Nachdem Van Ruhden den Bericht abgeschlossen hatte, heftete er den Bericht in die dazugehörige Akte. Danach packte er seine Sachen und verließ sein Büro. Unten gab er seine Akte an Frau Meyer ab, die diese hinter sich im Aktenschrank verstaute. Er verabschiedete sich von ihr und verließ das Büro.
    Dort wurde er schon von seinem Fahrer abgeholt.
    Als er zu Hause angekommen war, wartete Martha bereits im Esszimmer mit dem Abendessen auf ihn.
    Während des Essens redeten die beiden über das, was Van Ruhden heute erlebt hatte. Martha sagte erschrocken zu ihm: „Ja, Sie tun sich vielleicht was an! Herr Gübbenau hatte Sie letztes Jahr doch verraten, und als Sie ihn überführt hatten, hat er nur laut über Sie gelacht. Auch nannte er Sie eine dreckige Schnüffelnase."
    „Ja, aber es war notwendig, nur er hatte diesen Fleck als Erkennungszeichen genutzt. Auch wenn ich weiß, er kann es nicht gewesen sein, aber ich bin mir sicher, er hat seine ganzen Verbrechen nicht allein durchgeführt, da diese sehr gründlich geplant waren", begründete Van Ruhden. „Ja gut, Sie wissen es am besten. Jetzt hätte ich es fast vergessen: Heute sind fünf Briefe für Sie angekommen. Ich habe sie auf Ihren Sekretär gelegt", sagte Martha. Van Ruhden antwortete darauf: „Das müssen wohl die Antworten von Karl, Günther, Clemens, Heinz und Manfred sein. Danke Martha, dass Sie sie schon nach oben gebracht haben. Ich gehe gleich in mein Arbeitszimmer und schaue mir die Briefe an."
    Sie unterhielten sich noch kurz, bis dann Van Ruhden nach oben ging und sich die Briefe ansehen wollte.

Er nahm den ersten Brief von dem kleinen Stapel, nahm seinen Brieföffner und öffnete den Brief mit einer sauberen Bewegung. Van Ruhden nahm das Blatt und las dann für sich:

*Guten Tag Benjamin,*

*ich danke dir ganz herzlich, dass du mir mal wieder nach langer Zeit einen Brief geschrieben hast. Wegen dieser Briefe kann ich dir leider nichts Genaueres sagen, nur dass mir diese Schrift irgendwie bekannt vorkommt. Ich freue mich schon auf Mittwochabend, dass ich dich und auch Heinz, Karl, Günther und Manfred wiedersehen werde.*

*Bis Mittwoch*
*Dein guter alter Freund Clemens*

Van Ruhden legte das Blatt zur Seite, nahm den nächsten Brief und öffnete diesen wie den anderen mit einer sauberen Bewegung. Das Blatt, das er aus dem Umschlag zog, war grünlich gefärbt. Er öffnete das gefaltete Stück Papier und las die handgeschriebenen Worte:

*Hallo Benjamin,*

*danke für deinen Brief. Da ich nicht viel Zeit habe, fasse ich mich kurz. Ich freue mich auf einen schönen Abend mit dir und den anderen vier Spaßvögeln. Ich bin zuversichtlich, dass wir dir bei diesen Briefen und Bildern weiterhelfen können.*

*Bis Mittwoch*
*Der vielbeschäftigte Günther*

Auch diesen Brief legte er zu Seite und nahm den nächsten zur Hand. Dieser war der Schwerste bis jetzt. Van Ruhden wunderte sich, was noch in diesem Umschlag steckte. So öffnete er auch diesen Brief. Was er zur Sicht bekam, war zu einem ein weißes Blatt Pergament, aber auch noch ein kleiner metallener Gegenstand. Doch bevor er sich den Kopf darüber zerbrechen würde, war er sicher, dass dieser Gegenstand im Brief erklärt werden würde.

*Benjamin, mein alter Freund,*

*wie lange ist es jetzt schon her, dass wir uns das letzte Mal gesehen haben? Genau drei Jahre. Deshalb freue ich mich, dass wir sechs uns mal wieder treffen und über Gott und die Welt reden. Natürlich habe ich deine Bitte nicht vergessen und habe über die Person mit den Bildern nachgedacht. Meine Gedanken teile ich mit dir dann am Mittwoch. Wie du sicher schon gesehen hast, habe ich dir ein kleines Plättchen Metall mitgeschickt. Doch was es ist oder besser gesagt, was es einmal war, dass weiß ich selber nicht. Ich habe es gestern auf der Straße gefunden, und ich dachte, du sammelst so was doch gerne. Ich habe selber keine Verwendung für so ein Stück Metall, doch bin ich mir sicher, dass du irgendwann deine rechte Freude daran haben wirst.*

*Bis Mittwoch.*
*Dein Kumpel Karl*

Auch diesen Brief legte Van Ruhden zurück auf seinen Sekretär. Er nahm die dünne Metallplatte in die Hand und schaute sie sich genau an. Das Stück war wie eine alte Speerspitze geformt, nur viel dünner und auch recht leicht für seine eigentliche Verwendung. Ihm fiel auf, dass die Ecken an der Spitze zum hinteren Teil leicht geschliffen waren, was die Spitze scharf machte. Er legte diesen Gegenstand in die oberste Schublade, um ihn erst mal zu verstauen. Dann nahm er den nächsten Brief, öffnete diesen, und nur ein kleiner Zettel fiel aus dem überdimensionierten Umschlag. Auf dem Zettel stand aber lediglich:

*Servus Benni,
klar kann ich am Mittwoch kommen.*

*Bis dahin, mach es gut!
Manfred*

Natürlich musste es von Manfred stammen, er war nie der Herr der Worte, so auch auf Papier. Er legte den kleinen Zettel beiseite und musste grinsen, weil sich alle anderen so viel Mühe mit ihren Antworten gegeben hatten und Manfred nur wenige Worte verfasst hatte. Nun blieb nur noch ein einziger Brief auf dem Sekretär übrig, also musste dieser von Heinz sein. Van Ruhden nahm den Brief, öffnete diesen wie alle anderen mit einem einzigen Schnitt. Ein schönes rötliches Blatt Pergament fiel aus dem Umschlag. Van Ruhden nahm das Blatt, faltete es auf und bekam Folgendes zu lesen:

*Mein alter Freund Benjamin,*

*ich freue mich, dass du mich zu diesem Abend eingeladen hast. Die Geschichte mit den Briefen und den Bildern find ich schon sehr seltsam. Was ich mich frage ist, wo dieser Herr die Bilder her hat? Was ich mir gedacht habe, war, dass es vielleicht einfach nur ein übler Streich war. Doch als ich gesehen habe, dass er noch Bilder von uns hat, dachte ich mir, dass das nicht nur ein schlechter Scherz sei. Ich bin mir sicher, dass dies kein Spaß ist, sondern was ganz Ernstes.
Ich hoffe, dass wir dir weiterhelfen können, denn es betrifft uns alle.*

*Wünsch dir noch einen angenehmen Tag und alles Gute
Heinz*

Van Ruhden legte auch diesen Brief zur Seite und hatte den nächsten Schritt erledigt, um den Fall zu lösen.

Nun musste er noch einen Tag warten, und währenddessen konnte er den Fall mit dem Diebstahl weiterverfolgen. Er öffnete die mittlere Schublade, legte die Briefe hinein und schloss sie wieder. Als er aus dem Fenster sah, war es schon späte Nacht. So beschloss er, für heute Schluss zu machen.

Er ging in das Bad. Dort zog er sich für die Nacht um, ging in sein Bett und schlief ein. Van Ruhden hatte einen angenehmen Traum, bei dem er die beiden Fälle auf einmal gelöst hatte, und das nur mithilfe eines Gläschen Cognacs. Da merkte er aber, dass es ein Traum war und wünschte sich innerlich, dass er die Fälle genauso lösen wird wie in seinem Traum.

# Kapitel 5

Als dann am nächsten Morgen die ersten Sonnenstrahlen hinter dem Horizont auf die kalte Welt schienen, war Van Ruhden schon hellwach. Der Grund dafür war, dass schon in früher Stunde ein lauter Knall das Haus erhellte.

Als nämlich plötzlich dieser Knall durch die Wände hallte, sprang Van Ruhden aus dem Bett und lief im schnellen Schritt aus dem Zimmer in den Gang.

Dort kam auch Martha aus ihrem Zimmer herausgeeilt.

Die beiden gingen nun hintereinander die Treppe hinunter in das Wohnzimmer.

Sie öffneten die gläserne Tür und eilten hinein, dort sahen sie, dass die antike Standuhr auf dem Boden lag. Martha sagte Luft schnappend zu Van Ruhden: „Ach Jeses, die gut' olt Standuhr. Wie issen jetz des passiert?" Van Ruhden ging zur Uhr, schaute sich diese genau an und sagte dann zu Martha: „Wie es aussieht, ist eines der Beine unter dem Gewicht gebrochen." Er nahm das abgebrochene Stück Holz und sagte mit dem Klotz in der Hand: „Das Bein war morsch. Kein Wunder, dass es durchgebrochen ist. Schade nur, dass die Uhr stark beschädigt ist. Wir sollten besser wieder schlafen gehen und am Morgen den Uhrmacher rufen." So gingen beide wieder nach oben in ihre Schlafzimmer und legten sich zur Ruhe.

Am späteren Morgen bestellte Martha den Uhrmacher. Nach dem Frühstück sahen sie schon den Wagen von ihm im Hof einfahren. Van Ruhden bat ihn hereinzukommen. Der Uhrmacher stellte sich als Fridolin Hahnenschläger vor. Im Wohnzimmer angekommen, kniete er sich hin und sagte zu Van Ruhden mit freundlicher Stimme: „Könnten's mir bitte mit der Uhr helfen, dauert auch nur einen Moment." Van Ruhden half Herrn Hahnenschläger natürlich. Als die Uhr wieder stand, schob er einen kleinen Holzklotz dorthin, wo das gebrochene Bein zuvor war. Danach schaute er sich das Uhrwerk an und sagte dann zu Van Ruhden, der neben ihm stand: „Können's froh sein, dass sich nur ein Zahnrad verformt hat. Und das mit der Glasscheibe ist auch leicht zu reparieren. Ich würde die Uhr auch gleich mitnehmen und Sie Ihnen voraussichtlich wieder am Samstag vorbeibringen."

Van Ruhden nickte und trug mit dem Uhrmacher die Uhr aus dem Haus hinaus auf den Anhänger. Der Uhrmacher verabschiedete sich von Van Ruhden und fuhr prompt wieder zurück zu seiner Werkstatt. Van Ruhden ging wieder in sein Haus, dort holte er seinen Mantel und seine Aktentasche. Danach verließ er das Haus, und genau in diesem Moment fuhr auch gerade sein Wagen in den Hof hinein. Van Ruhden stieg ein, und die Fahrt nach München konnte beginnen. In München angekommen, ging er sofort in sein Büro. Im Büro hängte er seinen Mantel an einen der drei Kleiderhaken auf.

Daraufhin ging er zu seinem Sessel und setzte sich. Er schaute auf seinen Sekretär und sah schon die neuen Akten darauf liegen. Mit leichter Neugier nahm er sich eine der Akten, öffnete diese und schaute sich die Neuerungen an.

Wie er sah, gab es nach seinem Bericht keine neuen Einträge, so schloss er die Akte und beschloss, dass er sich mal am Tatort umschauen sollte. So machte er sich auf zur Pinakothek. Als er wenige Momente später davor stand, blickte er einmal komplett am Gebäude hoch.

Van Ruhden betrat das Museum durch das Haupteingangsportal und schaute sich in der Kunstsammlung um. Dabei hatte er seinen Notizblock und einen Stift parat.

Er lief in den Gängen herum und suchte den blauen Fleck. Nach einer gefühlten Ewigkeit fand Van Ruhden die Wand, wo dieser hinterlassen wurde. Er stieg den kleinen Sockel nach oben und schaute sich die Stelle genauer an. Ihm fiel auf, dass der Fleck nicht dieselbe Kontur hatte wie damals bei Helmut Gübbenau.

Auf einmal hörte er eine Stimme hinter sich sagen: „Entschuldigung, was machen Sie bitte da?" Van Ruhden drehte sich um und sah einen älteren kleinen Mann mit Anzug. Van Ruhden antwortete dem Mann: „Mein Name ist Benjamin van Ruhden, ich bearbeite den Fall mit dem Diebstahl hier in der Pinakothek, und ich untersuche gerade dieses passive Beweismittel."

„Ah, verstehe, Sie sind also der besagte Detektiv vom DDZ, der uns von Ihren Kollegen angekündigt wurde. Ja, können Sie denn schon irgendetwas über die Verfärbung sagen?" „Vor einem Jahr hatte ich mit einem Mann zu tun, der gezielt Menschen getötet hat, um mich rein psychisch in die Knie zu zwingen und zu besiegen. Doch ich bin ihm dazwischengekommen und habe ihn enttarnt. Aber zurück zu diesem Fleck, dieser Mann hat seine Taten immer mit solch einem Fleck gekennzeichnet. Doch dieser Fleck ist etwas anders als die anderen, diese Person hat eine andere Farbe benutzt."

„Tatsächlich? Und das konnten Sie jetzt alles auf den ersten Blick feststellen? Faszinierend. Aber das ist momentan auch das Einzige, was mich begeistern kann. Es ist schrecklich, dass in unserem Hause so ein Diebstahl geschehen konnte", bedauerte der Mann.

„Ich bin mir sicher, dass gezielt hier Gemälde gestohlen wurden. Und das mit diesem Fleck versucht wird, mich zu täuschen. Das behaupte ich, da dieser Fleck von dem echten Täter ablenken soll", bekundete Van Ruhden mit ernster Stimme.

„Bitte, bitte, sehen Sie sich gerne weiter um. Ich möchte Sie bei Ihrer Arbeit nicht stören. Schließlich will ich ja auch dazu beitragen, dass unsere Ausstellung bald wieder geöffnet werden kann", antwortete der Direktor der Pinakothek. Nach diesen Worten drehte er sich um und verschwand so schnell, wie er aufgetaucht war.

Van Ruhden widmete sich wieder dem Fleck und schaute sich diesen weiter an.
Als er damit fertig war, stieg er den Sockel wieder hinab. Van Ruhden war sich nun zu 100% sicher, dass der Täter oder die Täter bewirken wollten, Van Ruhden auf die falsche Fährte zu locken. Van Ruhden hatte sich genug in der Pinakothek umgesehen, und nachdem er noch ein paar Aussagen aufgenommen hatte, ging er zurück in sein Büro. Auf dem Weg zurück in sein Büro machte er noch Halt in der Bäckerei „Metzger".
Dort bestellte er sich eine Donauwelle und eine große Tasse Kaffee.
Er setzte sich an einen Tisch direkt am Fenster und genoss dort seinen Kuchen mit dem köstlichen Kaffee. Dabei schaute er aus dem großen Fenster auf die Straße und sah die vielen Leute vorbeiziehen.
Dabei dachte er sich, wie gut er es hatte: Er besaß ein wunderschönes Haus südlich von München, hatte eine wunderbare Arbeit, eine Haushälterin, und natürlich hatte er noch viele gute Freunde. Als er an seine Freunde dachte, sah er schon den nächsten Abend vor sich und freute sich auf das Wiedersehen. Aber natürlich war dieses Rätsel immer noch ungelöst, und Van Ruhden war sich auch sehr sicher, dass ihm seine Freunde dabei helfen könnten. Nach seiner kleinen Mittagspause ging er jetzt direkt zurück in sein Büro.
Dort angekommen, erledigte Van Ruhden noch Recherchen über Diebstähle, die nicht aufgeklärt wurden. Doch sein Hauptaugenmerk galt der Tatsache, dass seltsame Zeichen oder Gegenstände an den Tatorten gefunden wurden. Van Ruhden saß schon über zwei Stunden im Archiv und schaute sich alle nicht gelösten Fälle an. Doch bis jetzt hatte er noch keinen Fall gefunden, der mit seinen Kriterien übereinstimmte.
So merkte er, dass er so noch ewig danach suchen könnte. Also bat er andere Kollegen, ihm bei der Suche zu helfen. Für die weitere Suche halfen Van Ruhden 10 Personen. Nach drei anstrengenden Stunden der Suche fanden sie eine offene Akte über einen Diebstahl, der vor vier Monaten gemeldet wurde,

mehrere wertvolle Ketten wurden in einem Laden in der Maximilianstraße gestoßen. Wie auch bei dem Diebstahl in der Pinakothek wurde ein Erkennungsmerkmal zurückgelassen. Es war ein blaues Blatt Pergament. Als Van Ruhden also gefunden hatte, was er suchte, verabschiedeten sich seine Kollegen bei ihm und verließen das Archiv. Auch Van Ruhden verließ das Archiv mit der Akte in der Hand. Er ging wieder in sein Büro und schaute sich diese Akte noch einmal genau an. Aber so sehr er auch darüber nachdachte, es ergab alles keinen Sinn. Außer dem Hinterlassen eines blaufarbenen Hinweises konnte er keine Verbindung zwischen den beiden Fällen ausmachen. So beschloss er, für heute Schluss zu machen. Er packte seine Sachen und ließ sich zurück nach Hause fahren. Zu Hause angekommen, aß er noch zu Abend und legte sich dann ins Bett.

# Kapitel 6

Nun brach der Tag an, an dem sich seine Freunde und er nach langer, langer Zeit wieder alle an einem Ort versammeln würden. Morgens frühstückte Van Ruhden und ging im Anschluss zur Arbeit. Dort untersuchte er weiter die Akte mit dem Diebstahl, die er gestern im Archiv gefunden hatte. Doch Van Ruhden kam einfach mit diesem Fall nicht weiter. Alles war so gut geplant gewesen, und keine einzige Spur wurde hinterlassen. Dennoch wurde eine falsche Spur gelegt, um es jemandem anzuhängen, der nicht für dieses Verbrechen verantwortlich sein konnte. Van Ruhden überlegte den ganzen Tag, ob ihm irgendeine Gemeinschaft oder Bande einfiel, die so einen Plan durchführen kann. Doch sein Kopf war hauptsächlich damit beschäftigt, über heute Abend nachzudenken und nicht über den aktuellen Fall. Ihm fiel auch nicht auf, dass plötzlich vor ihm Herr Schwabbüchner stand und zu ihm sagte: „Guten Tag, Herr Van Ruhden. Haben Sie eine Minute für mich?"

Van Ruhden, der zu diesem Zeitpunkt noch voll in Gedanken schwebte, schreckte auf und sagte mit erschrockener Stimmlage: „Haben Sie mich gerade erschreckt! Was kann ich für Sie tun, Herr Schwabbüchner?"

„Ja, ich wollte mal schauen, wie weit Sie mit dem Fall vorangekommen sind", sagte Herr Schwabbüchner in einer sehr höflichen Sprachweise.

„Bis zu diesem Zeitpunkt habe ich herausgefunden, dass die Diebe, wie in diesem Fall, die Spur auf jemand anderen lenken wollen", antwortete Van Ruhden. „Wie kann ich das verstehen, Herr van Ruhden?", ließ Herr Schwabbüchner Van Ruhden wissen. Dieser antwortete auf diese Frage: „Wie Sie ja wissen, wurde auf einer der Wände, wo einst ein Gemälde hing, ein blauer Fleck hinterlassen. Und dieser war ein sehr großer Hinweis auf die Verbrechen von Helmut Gübbenau. Doch dieser sitzt in Grünwald in der Hochsicherheits-Nervenklinik. So bin ich zu der Erkenntnis gekommen, dass dies ein großer Täuschungsversuch war, um uns auf die falsche Spur zu führen. Was anfangs auch geklappt hat."

„Gute Arbeit, Herr Van Ruhden. Auf Sie ist immer Verlass. Machen Sie so weiter, bleiben Sie dran. Auf Wiedersehen, Herr van Ruhden. Ich habe noch etwas Wichtiges zu tun." Schwabbüchner verließ den Raum. Van Ruhden runzelte danach die Stirn und fing wieder an, über den Fall und über heute Abend nachzudenken.

Als die Uhr 18 Uhr schlug, packte er seine Sachen und fuhr nach Hause. In seinem aktuellen Fall war er leider immer noch keinen Deut schlauer, und er hatte deswegen auch noch keinen Plan, wie er dieses Verbrechen aufklären sollte. Jetzt brach aber erst mal der Freundesabend an, vielleicht brächte ihn das wenigstens in der Geschichte mit den Bildern weiter.

Als er bei seinem Haus angekommen war, sah er, dass Martha schon fleißig in der Küche mit dem Abendessen zu schaffen hatte.

Van Ruhden nahm seinen Schlüssel aus seiner rechten Manteltasche, steckte ihn in das Schloss und öffnete mit einer gekonnten Bewegung die Tür.

Er trat in sein Haus und wurde wie üblich von einer angenehmen Wärme umgeben. Er zog seinen Mantel aus, hängte ihn an einen Haken und ging zu Martha in die Küche. In der Küche angekommen, drehte sich Martha zu ihm um und sagte zu Van Ruhden: „Ah, Sie sind schon da? Ich hab gerade erst mit dem Kochen angefangen. Wollen's mal probieren?"

„Nein danke, ich geh noch nach oben, bis die ersten Gäste eintreffen", antwortete Van Ruhden.

„Ja gehen's noch mal nach oben, i ruf dann, wenn die ersten Gäst do san", sagte Martha. Daraufhin verließ Van Ruhden die Küche und ging die Treppe hinauf in sein Arbeitszimmer.

Er legte seine Aktentasche ab, ging zum Grammophon und legte eine Schallplatte auf. Danach schaltete er das Gerät ein, und sanfte klassische Musik erklang.

Danach ging er zu seinem Sessel, schloss die Augen und entspannte sich bei Schuberts 14. Streichquartett.

Plötzlich klopfte es an der Tür, Van Ruhden schreckte kurz auf und ging daraufhin zum Grammophon und hob die Nadel ab.

Nun ging er zu Tür, öffnete sie, und Martha stand davor.

„Ich wollt nur sagen, dass die ersten Gäste in den nächsten Minuten eintreffen können", informierte ihn Martha.

„Danke Martha, ich komme gleich hinunter", antwortete Van Ruhden.

Nachdem Martha wieder gegangen war, ging er in das Bad, um sich noch kurz frisch zu machen. Anschließend lief er hinunter in das Erdgeschoss und dort weiter zur Haustür, um seine Freunde zu begrüßen, sobald sie ankommen würden.

Van Ruhden musste nicht lange warten. Als er an die Haustür trat, sah er schon in der Ferne das erste Fahrzeug hinter dem Horizont auftauchen.

Als das Auto im Hof zum Stehen kam, stieg, wie Van Ruhden es vermutet hatte, Karl aus dem Wagen.

Man sollte wissen, dass Karl immer der Pünktlichste war. Nachdem Karl ausgestiegen war, lief er mit ausgestreckten Armen auf Van Ruhden zu und sagte zu ihm mit einem strahlenden Gesicht: „Benjamin, mein guter alter Freund." Die beiden umarmten sich freundschaftlich, und daraufhin antwortete Van Ruhden: „Schön dich zusehen, Karl. Geh schon mal nach drinnen, ich warte noch, bis die anderen eintreffen."

Daraufhin ging Karl in das Haus hinein. Van Ruhden wartete weitere drei Minuten, bis er im Hintergrund zwei weitere Autos erblickte.

Als die beiden Fahrzeuge im Hof zum Stehen kamen, stiegen Günther und Clemens aus den Wägen aus.

Die beiden gingen zu Van Ruhden, Clemens und Günther sagten fast wie im Chor: „Benjamin, wie lang ist es her? Schön, dich wiederzusehen."
Die beiden begrüßten sich hintereinander mit einem festen Händedruck und gingen daraufhin ins Haus.

Weitere fünf Minuten später konnte Van Ruhden zwei weitere Automobile am Straßenende erkennen.

Die beiden Wagen parkten wie die anderen in Van Ruhdens Hof, Heinz und Manfred stiegen aus den Fahrzeugen.

Nach einer kurzen Begrüßung gingen alle drei in das Haus.

Dort angekommen, setzten sie sich zu den anderen. Der Tisch war bereits mit köstlichen Speisen gedeckt. Während des Essens unterhielten sich alle über die schöne gemeinsame Zeit.

„Benni, danke noch mal für die Einladung, aber ich verstehe noch nicht ganz, wie wir dir bei diesen Bildern weiterhelfen sollen", gab Günther nach einiger Zeit zu bemerken.

Mit diesem Stichwort ging Van Ruhden nach oben und holte die Briefe und Bilder mit nach unten.

Er legte die Unterlagen auf den Tisch und breitete sie aus.

Alle schauten auf die Bilder und sahen, dass sie selbst wirklich auf den Bildern abgebildet waren.

Als Manfred das eine Bild genauer betrachtete, sagte er: „Merkwürdig."

Alle Blicke wandten sich hinüber zu Manfred.

Eine kurze Stille herrschte im Raum, bis schließlich Manfred mit seiner Aussage fortfuhr und die Stille unterbrach: „Ich frage mich ernsthaft, wo diese Bilder herkommen. Soweit ich mich noch erinnere, haben wir die Bilder doch, nachdem wir mit der Schule fertig waren, im Grünwalder Forst in einer metallenen Kiste vergraben. Und diese wollten wir eigentlich, wenn wir alt und greis sind, wieder ausgraben. Aber wie es mir scheint, hat die Person mit dem Namen F. die Kiste vor uns gefunden und versucht nun mit den Bildern, dich in die Irre zu führen, Benjamin." „Wie meinst du das jetzt genau, Manfred?", fragte Van Ruhden, der gerade ein Schlückchen Cognac zu sich nahm. Manfred, der nun Van Ruhden genau in die Augen blickte, antwortete ihm mit einem leicht verrückten Tonfall: „Na, ganz einfach, Benjamin. Er will dich austricksen, dich in eine Sackgasse führen und dich dann vor allen Leuten als einen Versager bloßstellen."

Als Manfred gerade mit seinem Satz abgeschlossen hatte, kam Martha mit dem Essen in das Wohnzimmer hinein und sagte in die Runde: „So, meine Herren. Jetzt ham se erst mal genug über die Soch g'red't. Jetzt gibt's erst mal was Gscheites zum Essen." Martha stellte das Essen auf den Tisch und setzte sich auf den leeren Stuhl und sagte dann zu den Gästen: „Nu schauens net so gierig, lossen's sich schmecken."

Alle schauten sich an und verschoben das weitere Gespräch, bis das Essen beendet wurde.

Nach dem Essen räumte Martha den Tisch auf, und die sechs Herren konnten mit ihrem wichtigen Gespräch fortfahren. „Das hatte ich auch schon vermutet, dass F. so etwas in der Art vorhat. Doch was ich daran nicht ganz verstehe, ist der Grund, warum er so etwas tun sollte. Ich kann mich nicht an eine Person erinnern, die so einen Hass gegen mich haben könnte, und auch, dass er oder sie an private Bilder von uns herangekommen ist. Ich hatte mich auch schon gefragt, wo der Täter diese Bilder aufgetrieben hatte. Aber das hat sich wohl durch Manfreds Aussage erledigt. Dennoch hätte ich da eine Frage an euch. Wieso hat diese Person genau diese Bilder genommen? Deshalb frag ich mich, ob F. nicht jemand sein kann, den wir von unserer Jugend her kennen sollten."

Während der Ansprache von Van Ruhden runzelten sich alle die Stirn oder kratzten sich unwissend am Kopf.

Nach einem Moment voller Stille sagte Heinz in die Runde: „Das alles ergibt keinen Sinn. Wer sollte von dieser Kiste überhaupt wissen? Wir hatten niemandem von dieser Kiste erzählt. Und angenommen, es war jemand, den wir von früher kennen, wer sollte das sein, und ist sein Motiv wirklich Rache?"

„Ich denke mal, wir kommen mit den aktuellen Beweismitteln nicht mehr weiter. Ich würde vorschlagen, uns am kommenden Samstag noch einmal zu treffen. So hat jeder ein bisschen Zeit, sich über die Sache einen Kopf zu machen. Möglicherweise fällt einem von uns doch etwas Wichtiges ein", unterbreitete Van Ruhden. Da fuhr Manfred fort: „Wir könnten uns am Samstag bei mir zu Hause treffen, selbe Uhrzeit."

Alle nickten, standen auf und verließen nach kurzen Pläuschchen nach und nach das Haus.

Sie verabschiedeten sich von Van Ruhden und fuhren mit ihren Wagen fort.

Van Ruhden ging daraufhin zurück in das Haus.

Er nahm die Bilder vom Tisch, ging nach oben in sein Büro und räumte diese säuberlich in die Schublade ein.

Darauf folgte, dass Van Ruhden sich bettfertig machte und somit der Tag endete.

# Kapitel 7

Als der nächste Morgen anbrach, stand Van Ruhden auf, zog sich an und nahm unten im Esszimmer sein Frühstück mit Martha ein. Nach dem Frühstück machte sich Van Ruhden auf den Weg zu seinem Büro.

Dort angekommen, schaute er in sein Fach, um sich über die neuesten Informationen über den Fall mit den Diebstählen zu informieren. Doch wie Van Ruhden es sich schon dachte, gab es keine neuen Erkenntnisse.

Danach machte sich Van Ruhden auf, um die Kiste im Grünwalder Forst zu suchen. Wie üblich nahm er dorthin die Straßenbahn.

Während der Fahrt schaute Van Ruhden immer aus dem Fenster und ließ die Gebäude der Großstadt an sich vorbeiziehen.

Als die Straßenbahn in Grünwald Halt machte, stieg Van Ruhden aus und ging zielstrebig in den nahegelegenen Wald. Als er den Wald gerade betreten hatte, fuhr die Straßenbahn weiter Richtung Süden ihrem Ziel entgegen.

Er wusste nur noch ungenau, wo sie damals die metallene große Kiste, der sie viele Stücke ihrer Kindheit anvertrauten, vergraben hatten, wie z. B. diese Bilder.

Van Ruhden ging zu der Stelle, an der er vermutete, dass sie dort vor vielen Jahren die Kiste vergraben hatten.

Nach einiger Zeit der Suche entdeckte er in dem kleinen Gebüsch neben sich einen glänzenden, schimmernden Gegenstand – und tatsächlich, es war die metallene Kiste. Diese war, wie er erkannt hatte, offen, und sie war auch vollkommen leer.

Van Ruhden kniete sich hin, schaute sich die Kiste von innen und außen an, aber er konnte keine Indizien finden, wer die Kiste ausgegraben hatte. Ihm fiel nur auf, dass die Kiste nicht aufgebrochen wurde, sondern mit dem Schlüssel oder einem Dietrich aufgeschlossen wurde.

Wie zu erwarten war ging die Person mit sehr viel Sorgfalt vor, um keine Spuren von sich zu hinterlassen.

Daraufhin ging Van Ruhden zu dem Loch, aber auch dort fand er nichts Wichtiges und Hilfreiches vor, nur ein kleiner Ast lag in dem ca. 80 cm tiefen Loch.

So beschloss Van Ruhden, wieder zurück in die Innenstadt zu fahren, die Kiste wollte er zu einem späteren Zeitpunkt abholen.

Als er gerade kurz vor dem Waldrand war, fiel ihm hinter einer großen Buche ein Zettel auf. Er näherte sich diesem, hob ihn auf, und er konnte folgende Worte auf dem Zettel, der schon recht alt war, lesen: „Lieber Finder, der diese Kiste finden mag. Vergrabe sie bitte wieder an Ort und Stelle – jene, die die Kiste vergraben hatten, werden sie auch wieder ausgraben wollen. So bitten wir dich, lieber Finder, diese Bitte einzuhalten. Die Kistenbesitzer."

Erst als Van Ruhden den Zettel gelesen hatte, merkte er, dass dieser Zettel aus ihrer Truhe stammte und er ihn damals selbst geschrieben hatte.

Er steckte ihn in die Tasche und verließ den Wald und machte sich mit der nächsten Straßenbahn zurück zum DDZ.

Dort angekommen, setzte er sich auf seinen Sessel und ging in seinem Kopf einmal alle Hinweise durch. Er kam zum Entschluss, dass die merkwürdige Person ihn und seine Freunde aus seiner Kindheit kannte, doch was er nicht begriff, war, warum der Täter all diese Dinge tat. Die Täuschung am Sendlinger Tor und die Briefe. Van Ruhden dachte sich, ob es sein könnte, dass die Person irgendwie in die Diebstähle verwickelt wäre. Doch

Van Ruhden hielt dies doch für sehr unwahrscheinlich, da er keinen Grund fand, der dafür sprach.

Daraufhin packte er seine Sachen und fuhr zurück nach Hause, um dort auf den Uhrmacher zu warten. Man würde ja denken, warum Van Ruhden das nicht Martha überlassen hätte. Doch das hat einen ganz einfachen Grund: Martha hatte schon vor Langem geplant, ihre Familie an diesem Donnerstag in Prien am Chiemsee zu besuchen. Und weil der Uhrmacher früher fertig war als gedacht, musste Van Ruhden den Uhrmacher in das Haus lassen.

An seinem Anwesen angekommen, fand er den Uhrmacher wartend auf dem Kutschbock eines Zweispänners mit Ladefläche vor der Tür stehen. Als dieser Van Ruhden sah, stieg er vom Wagen runter, reichte Van Ruhden die Hand und sagte zu ihm: „Guten Tag, Herr Van Ruhden. Können wir gleich die Uhr in das Haus bringen?"

„Aber sicher doch", antwortete ihm Van Ruhden. Der Uhrmacher pfiff und winkte seine zwei Helfer herbei, die eben noch eine Zigarette qualmend an der Hauswand lehnten.

In der Zwischenzeit schloss Van Ruhden die Haustür auf, sodass die Uhr schnellstmöglich wieder an ihrem Platz stehen konnte. Die zwei Lehrlinge trugen die Uhr in das Haus, und der Uhrmacher folgte den beiden.

Als die Uhr stand, sagte der Uhrmacher zu Van Ruhden: „Herr Van Ruhden, ich muss Ihnen wirklich sagen, dass diese Uhr ein Schmuckstück ist. Sie können von Glück sagen, dass nur ein Zahnrad durch die Erschütterung abgebrochen ist." Nach einer kurzen Pause kramte er einen Zettel aus seiner Tasche und gab ihn Van Ruhden. „Diesen habe ich angeklebt im Uhrwerk gefunden. Ich hab ihn nicht gelesen, geht mich ja nichts an."

Doch bevor Van Ruhden den Zettel lesen konnte, gab ihm der Uhrmacher die Rechnung. Van Ruhden las den Betrag, ging zu seinem Tresor und nahm dort die geforderten 230 Mark heraus und händigte sie dem Uhrmacher aus.

Dieser nahm das Geld, bedankte sich bei Van Ruhden und verließ mit seinen zwei Lehrlingen das Haus.

Van Ruhden schloss die Tür hinter ihnen. Als er gerade den Zettel lesen wollte, hörte er noch, wie die Pferde schnaubend lostrabten.

Nun endlich hatte Van Ruhden die Zeit, um sich den Zettel anzusehen.

Auf dem Zettel sah er folgende Botschaft:

*„Begebe dich zum Brunnen des Örtchens Eulenschwang, von dort aus gehe 100 Schritte nach Süden. Weitere 23 Schritte nach Westen, und dort wirst du mich in einem braunen Hügel finden."*

Als Van Ruhden den Text durchgelesen hatte, zögerte er nicht lange und ging mit dem Zettel nach Eulenschwang. Ab dort befolgte Van Ruhden die Anweisungen im Brief genau. Er ging vom Brunnen 100 Schritte gen Süden und von dort 23 gen Westen.

Dort angekommen, war Van Ruhden zunächst ein wenig verwundert, denn hier war weit und breit kein brauner Hügel zu sehen. Erst als er einen Schritt weiter nach vorn machte, stieß er mit dem Fuß in einen kleinen Maulwurfshaufen. Er sah ihn sich genau an und entdeckte im Inneren eine kleine metallene Dose.

Van Ruhden öffnete die Dose und fand eine schmucke Musikbox in seinen Händen.

Diese war wie die Dose aus Metall, doch der Hebel für das Gerät fehlte. Da fiel Van Ruhden ein, dass er noch so einen Aufziehschlüssel in seinem Büro hatte. Er legte die Musikbox wieder in die Dose, steckte sie in seine Tasche und ging zurück zu seinem Anwesen.

Dort angekommen, griff er noch mal nach seiner Arbeitstasche und machte sich noch einmal auf zum Büro. Sein detektivischer Spürsinn war es, der ihn dazu antrieb.

Als er endlich die Tür seines Büros in das Schloss fallen hörte, ließ er sich in den Chefsessel fallen und kramte sogleich in den obersten Schubladen nach dem Aufziehschlüssel.

Erst in der 3. Schublade entdeckte er ihn und versuchte, ihn in die Musikbox zu stecken, die bis jetzt noch in seiner Tasche in der Dose gesteckt hatte. Und tatsächlich! Er passte – nicht. Wäre auch zu schön gewesen. Da blitzte plötzlich ein Funken an seinem Hut auf, der ihm gegenüber an der Garderobe hing. Natürlich! Der Anstecker. Van Ruhden sprang rasch auf, lief um den Tisch herum und zog den Pin von seiner Hutkrempe ab. Die Frontseite mit der Lokomotive ließ sich vom Stift abnehmen, und wenn man das tat, erkannte man, dass das andere Ende eine geformte Schlüsselformation darstellte. Van Ruhden schnappte sich die Spieldose vom Tisch und probierte es sofort aus. Mit 3 Umdrehungen zog er die Spieluhr auf, und sie fing an, etwas verstimmt zu klimpern. Wie gebannt hingen seine Ohren an dem kleinen silbrigen Gegenstand, den er fest in den Händen hielt. Diese Melodie ... Woher kannte er nur diese Melodie? Sie kam ihm so vertraut und gleichzeitig so unbekannt vor. So sehr er sich auch anstrengte, er konnte sie nicht entziffern. Aber gut, sicherlich würde er das zu einem späteren Zeitpunkt noch herausfinden.

Es war wieder Abend geworden. Van Ruhden saß bei einem Gläschen Cognac am knisternden Kaminfeuer, die Beine übereinandergeschlagen. Noch einmal erklang die Melodie der Spieluhr aus dem mittlerweile etwas verknitterten Kästchen. Doch er gab es für heute Abend auf. Er schlurfte zum Bett und legte sich schlafen.

Der Freitag verlief eigentlich wie üblich, ein paar Recherchen auf der Arbeit, früher Feierabend. Das Einzige, was heute anders war als sonst, war, dass Martha nicht da war, sie würde erst wieder am späten Nachmittag zurückkommen.

So erwartete er sie auch voller Sehnsucht bei ihrer Rückkehr. Van Ruhden hatte sich sogar an einem Eintopf versucht, der zwar etwas versalzen schmeckte, aber in Hinsicht auf seine letzte selbst zubereitete Mahlzeit doch einen wirklichen Fortschritt darstellte. Da hatte er doch tatsächlich versucht, ein Hähnchen zu braten, und es war ihm sogar gelungen, das Wasser überlaufen zu lassen. Zu allem Übel rutschte er auch noch auf dem übergeschwappten

Wasser auf dem Boden aus und legte sich ordentlich auf alle viere. So viel zu dieser kurzen Zwischengeschichte ...

Auch Martha spielte er am Abend die Musik aus der Box vor.
„Ja, konn scho sein. Aber i weeß halt net wos", antwortete sie auf die Frage, ob ihr das Stück irgendwie bekannt vorkam.

Und zum dritten Mal schleppte sich Van Ruhden mit diesem Unwissen zu Bett.

# Kapitel 8

Es folgte der Samstag, an dem die Freunde ihr zweites Treffen vereinbart hatten. Gegen Abend machte sich Van Ruhden auf, verließ das Haus und wurde von seinem Chauffeur zum Haus von Manfred gefahren. Dort traf er etwa zeitgleich mit Heinz an. Sie begrüßten sich und gingen gemeinsam in das Haus. Manfred, der Gastgeber des Abends, hatte bereits aufgetischt und alle zum Mahl gebeten. Als alle eingetroffen waren und Platz genommen hatten, klingelte Manfred mit einem Messer gegen sein Glas, zerbrach es in tausend Teile, ignorierte das aber relativ schnell und sprach zunächst ein paar Worte: „Hallo, meine Freunde, schön, dass ihr wieder alle gekommen seid. Nach so langer Zeit ist es wahrlich ein Wunder, dass wir uns nun öfter sehen. Der Anlass ist uns allen aber bekannt, schließlich wollen wir Benjamin helfen, in seinem Fall weiterzukommen, nicht?" Er lachte und schaute dabei Van Ruhden direkt an. Dieser aber erwiderte lediglich mit einem einfachen Lächeln.

„Also, starrt nicht so gierig. Langt kräftig zu, es reicht für alle", bat Manfred seine Freunde, mit dem Abendessen zu beginnen. Und fürwahr, es war wirklich sehr schmackhaft.

Später im Laufe des Abends, als das Abendessen schon beendet war und die Freunde wieder in ausfallende Gespräche vertieft waren, reichte Van Ruhden wieder ein paar der Bilder herum. Er klärte sie zudem über den neueren Stand seiner

Ermittlungen auf, wobei er das eine oder andere Detail doch für sich behielt.

„Aber jetzt mal im Ernst, wer sollte denn an diese Bilder herangekommen sein? Wer hat denn überhaupt Zugriff auf so was?", fragte Heinz ein wenig vorwurfsvoll.

„Auf jeden Fall jemand, der es auf dich abgesehen hat, Benjamin. Rein theoretisch hätte aber jeder die Kiste im Wald finden können", erwiderte Günther.

„Aber sicherlich nicht jeder hätte wissen können, wer die Personen auf den Bildern sind und wo er oder sie, man muss ja alles bedenken, uns finden kann. Und ja, ich glaube so langsam, dass er es auf uns alle abgesehen hat, auch wenn sich das bisher nur an mir gezeigt hat."

„Du sagst heute gar nichts, Clemens", bemerkte Günther und stupste ihn dabei mit dem Ellbogen an. Tatsächlich war er heute etwas ruhiger als sonst.

„Ich hatte nur einen schlechten Tag auf der Arbeit."

„Apropos: wir alle. Wo ist denn Karl eigentlich? Manfred, hast du ihn gesehen?", erkundigte sich Günther.

„Was, den Karl? Ne, der meinte vorhin nur, er müsste mal dahin, wo der Kaiser zu Fuß hingeht. Anscheinend hat sein Magen das Essen nicht so gut vertragen", antwortete Manfred auf Günthers Frage.

„Ja, stimmt, ich habe noch im Augenwinkel gesehen, wie er in das Badezimmer gegangen ist."

„Na, hoffentlich sitzt er nicht immer noch da!", witzelte Heinz ein wenig daher, und Günther musste darauf wie früher ziemlich dreckig lachen.

„Karl, alles in Ordnung bei dir?", fragte Benjamin und klopfte an die Tür.

Keine Antwort. „Kaaaaarl. Sag, bist du da drinnen, ist alles in Ordnung?" Aber wieder keine Reaktion. So langsam fingen die Freunde an, sich Sorgen zu machen.

Bereitwillig versuchte Van Ruhden, die Türklinke runterzudrücken, doch zu seinem Erstaunen war die Tür offen. Zu seinem noch größeren Erstaunen aber war das Badezimmer komplett leer.

„Wo ist er denn nur hin?", stellte Manfred eine rhetorische Frage.

„Lasst uns oben nachschauen", schlug Benjamin nun vor.

„Sein Wagen steht noch in der Einfahrt, er ist nicht abgereist", stellte Günther als Erster fest.

„Oder er ist zu Fuß losgelaufen", ergänzte Heinz.

„Sehr unwahrscheinlich. Ihr kennt ihn doch. Er geht nie, ohne sich verabschiedet zu haben, es sei denn, er ist stocksauer. Allerdings hat sich doch keiner von euch mit ihm gestritten, oder?" Ein einheitliches „Nein" bestätigte Van Ruhdens Frage.

„Nun denn, noch unwahrscheinlicher ist aber, dass er ohne sein Auto los ist. Er liebt seine Karre wie andere Leute ihre Großmutter. Und getrunken hat er eigentlich auch nichts."

„Da muss ich an der Stelle verbessern, mein lieber Benni. Ich hab mit dem Karl zusammen einen Schnaps gekippt." „Ja, dass ihr beiden Saufköpfe das macht, war ja mal wieder klar", beschwerte sich Günther bei Heinz.

Sie liefen die Treppe nach oben. In jedem Zimmer – kein Karl, keine Spur.

„Himmel Herrgott noch mal, wo ist denn der Kerl schon wieder hin? Ist ja zum Wahnsinnigwerden!" Mit diesen Worten lehnte sich Günther samt verschränkten Armen gegen den Wandschrank, bis ein dumpfes Krachen ertönte, Günther erschrak und zurückwich. Die Tür klappte auf, und der leblose und blutige Körper von Karl fiel wie ein nasser Sack auf den Boden. Alle waren zu Tode erschrocken, konnten nicht fassen, was sie sahen. Van Ruhden beugte sich sofort zu ihm runter und fühlte seinen Puls. Doch das kaum merkliche Kopfschütteln bestätigte den Freunden das Schlimmste, was nur hätte passieren können.

Benjamin drehte ihn zur Seite, und auf dem Rücken wurde die Stichwunde nun sichtbar. Wie ein großer roter Feuerball thronte das gewaltsam zugefügte Loch in seinem Rückgrat.

„Freunde, ich fürchte, unser lieber Karl wurde ermordet. Und der Täter befindet sich wahrscheinlich noch hier in diesem Haus!"

# Kapitel 9

Nachdem der Leichnam fürs Erste versorgt war, verließen alle den Raum, und Van Ruhden begann seine Freunde zu befragen.

„Ich weiß, wir sind Freunde, aber einer von uns liegt jetzt tot da oben. Weiß Gott, wer das getan hat. Jede Spur kann den Täter enttarnen. Noch ist der Fall warm, die Wahrscheinlichkeit, den Täter jetzt zu schnappen, ist höher als zu einem anderen Zeitpunkt. Meinen Einschätzungen zufolge geschah der Mord vor etwa einer Dreiviertelstunde. Manfred, wer außer uns ist oder war noch im Haus?"

„Na ja, ich lebe allein, wie ihr wisst. Aber ich habe eine Nachbarin, die hat quasi direkten Zugang zu meinem Haus. Die hätte es doch getan haben können!", antwortete Manfred euphorisch.

„Manfred, ich bitte dich! Deine Nachbarin!", beschwerte sich Heinz.

„Nur nicht so voreilig, Heinz. Möglich wäre es. Wir dürfen keinen Aspekt außer Betracht lassen. Ja, sie ist eine Frau, und ja, sie kennt unseren Karl vermutlich gar nicht, aber das gilt es jetzt zu überprüfen."

„Sie wohnt gleich da drüben, folgt mir", kommandierte Manfred seine Freunde.

Auf ein lautes Klopfen gegen Frau Kleinschmidts hölzerne Tür folgte keine Reaktion. Den Namen entnahmen sie dem Klingelschild, nachdem Manfreds löchriger Archivschrank namens Gehirn ihnen keine genaue Antwort geben konnte.

„Öffnen Sie bitte die Tür, Frau Kleinschmidt. Wir sehen, dass Sie da sind, das Licht brennt in der Küche." Ein weiteres, mit der geballten Faust erzeugtes heftiges Klopfen dröhnte gegen das etwas morsche Holz. „Machen Sie die Tür auf, wir haben nur ein paar Fragen."

Auf einmal vernahmen die Freunde das Geräusch eines Schlüssels, der anscheinend im Schloss herumgedreht wurde. Es klackte, und eine kleine, in die Jahre gekommene Frau lugte durch einen kleinen Spalt hindurch.

„Wer sind'n Sie? Was wollen's überhaupt von mir?"

„Frau Kleinschmidt, mein Name ist Benjamin van Ruhden, ich bin Detektiv und ermittle gerade in einem privaten Fall. Könnten wir vielleicht einen kurzen Moment reinkommen?"

„Was? Sie alle? So viel Plotz hob i gor net in moiner Küch'n."

Van Ruhden wandte sich kurz zu seinen Freunden um und sagte: „Vielleicht lasst ihr mich das kurz regeln. Gebt mir 5 Minuten, ich denke, dann werde ich sagen können, ob sie als Täterin infrage kommt oder nicht."

„Benjamin, ich bitte dich. Die Frau ist doch schon scheintot!"

„Pssst, nicht so laut. Die alte Schabracke kann dich bestimmt noch gut hören", unterbrach Heinz Günther deutlich leiser und gedämpfter. Clemens verdrehte nur etwas genervt die Augen. Den Rest der Zeit stand er nur neben den anderen, beobachtete und schwieg.

„Heinz, lass das mal nur meine Sorge sein. Geht ihr derweil mal wieder nach drüben und schaut, dass ja nichts verändert wird. Hört ihr? Das ist wirklich wichtig, sonst begeht ihr eine Straftat – Behinderung eines Detektivs während der Ermittlungen."

„Pass du besser auf, dass sie in der Zeit nicht zu Staub zerfällt!", war Günthers letzte Bemerkung im Umdrehen.

Ein paar leise Seufzer waren das Letzte, was er hörte, bevor er mit einem freundlichen Lächeln in das Haus der Frau eintrat.

Die Freunde gingen derweil im Haus auf und ab. Manche mit ernsten Mienen, andere wieder besorgt. Nach fünf Minuten brach Heinz als Erster das Schweigen.

„Ich kann es einfach nicht fassen. Die soll den Karl umgebracht haben? Dass ich nicht lache! Ich gebe ja zu, der Karl war kein Muskelprotz, aber dieses Großmütterchen hätte ihn einen Lebtag nicht von hinten erstechen können. Die kann vermutlich nicht mal Hüben racken, ehhh Rüben hacken!"

„Heinz, ich bitte dich. Beruhige dich erst mal. Benni wird schon wissen, was er tut, schließlich ist er der Detektiv. Und wer weiß, vielleicht hat die Alte ja was beobachtet?" Mit diesem Stichwort ging die Haustür wieder auf, ein kühler Herbstwind pfiff kurz durch den Flur, bis Van Ruhden mit dem Zuknallen der Tür den Strom abriss.

„Und, was hat sie gesagt? Hat sie was gesehen?", fragte Manfred sehr neugierig.

„Sie hat ein Alibi."

„Ja, siehste, wusst ich's doch", kam es patzig von Heinz zurück. „Die Frau war ohnehin zu schwach, um unseren Karl abzumurksen."

„Alibi sagtest du. Was hat sie denn gemacht?"

„Gekocht. Sie hätte den Herd nicht verlassen können. Zuerst wäre das Essen, dann das Haus abgebrannt."

„So ein Mist. Sie hat bestimmt gelogen."

„Nein, hat sie nicht. Sie wollte mir sogar von den Kartoffeln anbieten. Sahen wirklich gar nicht mal schlecht aus. Und in keiner Weise angebrannt. Durch die laue Wärme ist auch der Zeitpunkt noch gut nachzuvollziehen. Sie kann es nicht gewesen sein. Aber unser Heinz hat auch recht. Sie war zum einen viel zu schwächlich, zum anderen lagt ihr mit eurer ersten Annahme an der Haustür falsch, denn die Frau ist tatsächlich halb schwerhörig. Versteht aber die Worte besser, wenn man direkt vor ihr steht und sie den Mund sehen kann, der die Worte spricht."

„Gibt es sonst noch jemanden, der den Mord begangen haben könnte?", richtete Günther seine Frage an Manfred.

„Nein, eigentlich niemand. Außer dieser Frau Großmann ..."

„Kleinschmidt!", unterbrachen ihn die drei anderen im Chor.

„... Großmann, Kleinschmidt, wie auch immer. Außer uns beiden wohnt eigentlich niemand in näherer Umgebung zu meinem Haus."

„Gut, damit bleiben uns also nur noch zwei Möglichkeiten. Entweder jemand ist in dein Haus heimlich eingebrochen und hat einen unbeobachteten Moment ausgenutzt, um Karl zu ermorden, oder aber ..."

„Er stockte, obwohl die Worte laut im Raum standen, so, als ob sie jeder lesen und mit den Händen greifen könnte.

„Oder was?", versuchte Günther Van Ruhdens Satz fortzusetzen. „Oder aber es war einer von uns."

Die anderen wirkten entsetzt, verunsichert, nicht bei klarem Verstand. „Das kann doch nicht dein Ernst sein! Glaubst du wirklich, einer von uns hätte Karl umbringen können? Karl? Unseren Freund seit Jugendtagen?" Heinz war außer sich, er war so in Rage, dass er schon ganz nah an Van Ruhden rankam und ihm so direkt ins Gesicht sprach.

„Meiner Meinung nach kann jeder zum Mörder werden. Auch die besten Freunde. Auch wir."

Das gab Heinz den Rest, er sagte nichts mehr. Er zog sich zurück in das offene Wohnzimmer und schenkte sich etwas zum Trinken ein.

„Lasst ihn. Er braucht jetzt ein wenig Zeit, um nachzudenken. Vielleicht brauchen wir alle das", sagte Van Ruhden einvernehmlich und hielt Günther am Arm zurück.

„Wenn ihr nichts dagegen habt, würde ich jetzt noch mal nach oben gehen und den Leichnam und die Räumlichkeiten untersuchen."

„Lass mich mitgehen!", flehte Clemens ihn an.

„Ich denke, es ist besser, wenn du hierbleibst", versuchte Benjamin ihn zurückzuhalten.

„Ich bin es gewohnt, tote Körper zu sehen, verstorbene Menschen, die mir entweder nahestanden oder nicht. Ich als Detektiv darf da keinen Unterschied machen. Aber ihr seid genau wie ich sein Freund gewesen. Clemens, ich weiß deine Hilfe zu schätzen, ich will dich nur vor einem großen Fehler bewahren."

„Benjamin, ich bitte dich, zwing mich nicht, dich anzubetteln. Um meiner Seele Frieden willen ..."

„Um deiner Seele Frieden willen will ich dich ja zurückhalten, damit du das nicht sehen musst!"

„Ich bitte dich, lass mich zu ihm. Wer weiß, vielleicht ist es das letzte Mal. Danach schleppst du ihn in irgendeinen rechtsmedizinischen Keller, wo er wie ein alter Fetzen aufgeschnippelt und untersucht wird. Lass mich noch einmal zu ihm, das ist meine Art, mich von ihm zu verabschieden." Da gab Van Ruhden nach. Er ließ Clemens mit nach oben kommen und warnte ihn vor der Tür noch mal. Schließlich fragte er ihn ein letztes Mal, ob er auch wirklich bereit sei. Die düsteren, ernsten Augen gaben ihm mehr Antwort als jedes Wort. Langsam, behutsam, fast schon übervorsichtig drückte er die Türklinke nach unten und betrat den Raum. Sie hatten Karl auf einem extra Bett aufgebahrt und zum Schutz ein Laken unter ihn gelegt, schließlich drang noch Blut aus der Wunde. Aber die Blutung hatte mittlerweile gestoppt. Zum Glück hatte Van Ruhden sein Notfallset in der Tasche, dieses bestand unter anderem aus einer Lupe, einem feinen Haarpinsel und etwas Pulver, zum Abnehmen von Fingerabdrücken.

„Ich könnte mir vorstellen, dass es einen Kampf gab. Oder aber er wurde überrascht und eiskalt von hinten erstochen – keine Chance." Van Ruhden suchte zunächst den Körper auf Spuren ab. Dabei ging er peinlichst genau vor und beäugte jeden Teil des Körpers unter seiner Lupe. Hin und wieder, wenn er sich beobachtet fühlte, warf er einen kurzen Blick zu Clemens, der am Bettende stand, bedauerlich den Kopf gesenkt, die Hände gefaltet. Er setzte seine Arbeit fort, allerdings ohne Erfolg. Nicht ein einziger Kratzer sozusagen. Der Täter war also Profi.

„Die Tat war geplant. Und zwar bis ins kleinste Detail. Ich denke, wir können einen Fremden, der durch das Fenster stieg und Karl kurzerhand abstach, ausschließen. Oder die Tat war SO gut geplant, dass der Täter wusste, er würde hier sein. Er hat sich draußen versteckt, die Lage durch die Fenster beobachtet und den richtigen Moment abgewartet, als Karl ins Badezimmer ging. Er schleicht sich ins Haus, wartet, bis er zurückkommt und ersticht ihn."

„Aber dann hätte er ihn doch die Treppen hochschleifen müssen. Wäre uns das nicht aufgefallen?", mischte sich nun Clemens ein.

„Guter Einwand, Clemens! Vor allem aber wäre es viel zu anstrengend gewesen. Vielleicht hat er gewartet, bis er zur Tür rauskam, hat ihn gepackt, ihm den Mund zugehalten und gezwungen, mit hochzukommen. Dann hat er ihn von hinten erstochen und in den Wandschrank gepackt." Um seine Erklärung ausführlicher zu visualisieren, spielte er das Rollenspiel mit sich selbst in der Rolle des Täters und Clemens in der Rolle des Opfers, in dem Fall Karl, nach. Natürlich nicht mit denselben Taten, aber durchaus angedeutet.

„Lass uns erst mal suchen, ob wir die Tatwaffe finden", bat Van Ruhden seinen Freund und kniete sich hin, um unter das Bett zu schauen. „Ein Profi hätte die Tatwaffe doch bestimmt wieder mitgenommen."

„Über 60 % der Täter lassen die Tatwaffe am Tatort oder in der näheren Umgebung zurück. Sei es aus Panik, aus Versehen oder ähnlichen Gründen. Sogar Profis passiert das. Denn du musst wissen, Clemens, jeder Täter begeht irgendeinen Fehler. Ich weiß es, denn wenn es jemand herausfindet, dann ich. Es gibt keinen perfekten Mord." Nachdem er seine Erklärung beendet hatte und feststellte, dass die Tatwaffe nicht unter dem Bett zu finden war, stand er wieder auf. Clemens tat es ihm gleich.

„Gehen wir doch mal zum tatsächlichen Tatort." Van Ruhden ging wieder zurück in den Flur, Clemens folgte ihm. „Schau mal da. Karl stand hier und der Mörder direkt dahinter. Er rammt ihm das Messer in den Rücken, und Karl japst auf. Der Täter reißt ihm die Klinge wieder aus der Wunde, und Karl kann aufgrund der Schmerzen und des verletzten Rückgrats nicht mehr stehen, geschweige denn laufen. Er sackt also zusammen. Der Mörder greift ihn unter den Armen und schleift ihn in den Wandschrank. Da, sieh her. Die Schleifspuren. Sie stammen von den Absätzen von Karls Schuhen. Das war die einzige Spur, die ich an ihm nachweisen konnte. Eigentlich hätte ich mir das auch denken können. Hätte mich auch gewundert, wenn die nicht da gewesen wären. Er liegt also hier drinnen, keine Kraft mehr, um Hilfe zu schreien. Elendig seinem Schicksal ausgesetzt. Er hatte vielleicht noch eine Minute zu leben, vermutlich ist er an dem hohen Blutverlust gestorben, oder aber die Klinge drang so tief in seinen Brustkorb, dass sie die Lunge verletzt hat. Dann ist er erstickt, was noch viel grausamer gewesen sein muss." Ein leises Schluchzen riss Van Ruhden aus seiner Vorstellung.

„Oh, tut mir sehr leid, Clemens. Ich wollte dich nicht verletzen. Ich weiß, wie schwer das für dich ist. Er war schließlich auch mein Freund ..."

„Ja, aber du bist Detektiv. Du arbeitest quasi jeden Tag mit irgendwelchen Leichen", sagte Clemens und wischte sich dabei mit dem Handrücken die Nase ab.

„Glaubst du etwa, das geht spurlos an mir vorbei? Ich bin ein mitfühlender Mensch genau wie du, auch wenn ich vielleicht den Umgang mit den Toten eher gewohnt bin", versuchte Benjamin seinen Freund zu trösten und legte ihm dabei die Hand auf die Schulter.

„Schon in Ordnung. Ich versteh das ja. Bitte verzeih, wenn ich ungehobelt zu dir war."

Danach überprüfte Van Ruhden auch den Wandschrank und die Umgebung auf Fingerabdrücke oder sonstige Spuren. Aber nichts. Auch das Messer, mit dem Karl ermordet sein musste, blieb bisher unauffindbar. Danach begaben sich beide wieder nach unten. Sie klärten die anderen über den Sachstand auf. Auch unten suchte Van Ruhden das Messer wie besessen, aber auch hier blieb er erfolglos. Wäre aber auch zu einfach gewesen. Da kam Van Ruhden ein Gedanke. Wenn ein Täter von draußen hereingeschlichen ist und vor dem Fenster stand, müssen Spuren hinterlassen worden sein. Er schritt hinaus und sah sich an allen Fenstern um. Beim Fenster vor dem Bad fand er tatsächlich, was er suchte. Umgeknickte Grashalme, Abdrücke von Schuhen. Dann stand wirklich jemand vor dem Fenster und hat sie beobachtet. Das war auch eine kleine Erleichterung, das lenkte nämlich den Verdacht von seinen Freunden ab. Allerdings hatte er außer den Abdrücken keinen weiteren Anhaltspunkt zu dem Täter. Van Ruhden war sich gewiss, diese Tat war ein Racheakt. Der Täter kannte Karl, und Karl kannte vermutlich auch den Täter, vielleicht sogar persönlich. Er wusste, dass Karl hier sein würde und wartete seelenruhig den perfekten Moment ab. Van Ruhden war nicht zum ersten Mal an diesem Abend ein wenig hilflos.

# Kapitel 10

Nachdem Van Ruhden die Kollegen von der Rechtsmedizin zu Hilfe geholt hatte, um den Leichnam, wie man auf gut Deutsch sagt, einzutüten, ging er noch einmal zur versammelten Gruppe seiner Freunde und sprach ein letztes Wort: „Ihr wisst jederzeit, wo ihr mich findet." Dann machte er, ohne eine Miene zu ziehen, kehrt und verließ das Haus. Sein Chauffeur brachte ihn wieder nach Hause. Dort grübelte Van Ruhden bei einem Gläschen Cognac am Kaminfeuer über die vergangenen Ereignisse nach und zwirbelte dabei wie üblich seinen geschwungenen Schnauzer. Später am Abend, es war schon fast Mitternacht, wollte er zu Bett gehen. Er erhob sich aus dem Ohrensessel und streckte sich zunächst einmal komplett durch, weil vom langen Sitzen schon alle Gelenke versteift waren. Für sein Alter war er ja noch recht rüstig und körperlich fit, aber der Lauf der Natur hält auch Van Ruhdens Alterungsprozess nicht auf. In diesem Moment tönte in seinem Rücken ein seltsames, aber vertrautes Geräusch. Van Ruhden schnellte herum und blickte in eine übermanngroße Monstrosität! Er war zutiefst erleichtert, als er feststellte, dass es nur die Standuhr war, die nun erst wieder seit Kurzem im Haus stand. Er war ihr „Volles-Stund"-Läuten noch nicht wieder gewohnt. Dennoch war Van Ruhden extrem aufgewühlt, sein Kopf fühlte sich an, als würde jemand Zucker darin zu Watte drehen. Zu seinem Pech konnte er diese Nacht fast kein Auge zumachen.

Umso gemarterter war er am nächsten Morgen. Diesmal war es sogar Martha, die ihn durch Rufe und Türklopfen wecken musste. Am Frühstückstisch rührte er nur lustlos in seinem Kaffee. Seinen Kopf, der ihm zu schwer zu tragen geworden sein mag, vielleicht wegen der vielen Gedankenlast, die gerade darin ruhte, stütze er zusätzlich auf den Handballen. Schlussendlich formten die fast violetten Augenringe das perfekte Bild, und das dauerte kaum zwei Minuten, bis Martha ihn darauf ansprach. Auch hier brauchte es zwei Anläufe, bis Van Ruhden reagierte.

„I hob ja scho g'wusst, das wos net stimmt, wenn Sie net rechtzeitig aus'm Bett ufsteh'n."

„Es ist ja nur wegen gestern Abend. Einer meiner Freunde, Karl, wurde tot im Haus aufgefunden. Ermordet", erklärte er ziemlich monoton.

„Mein Gott! Des is jo furch'bor!", schrie Martha mehr oder weniger, und Van Ruhden bekam es schmerzlich zu spüren und presste sich deswegen beide Hände auf die Ohren. „Martha, bitte. Nicht so laut. Nicht am frühen Morgen."

Nachdem er das wenig ausgefallene Frühstück beendet, sich fertig gemacht und angezogen hatte, verließ er das Haus und machte sich auf den Weg zur Arbeit. Sein Chauffeur warf während der Fahrt bestimmt 100 Blicke in den Rückspiegel, sprach aber Van Ruhden, wie für Chauffeure so üblich, nicht darauf an.

Kaum in seinem Büro angekommen, legte er seine Tasche beiseite, und die eben noch ins Schloss gefallene Tür wurde sofort wieder aufgerissen.

„Herr van Ruhden?" Es war sein Chef Johannes Schwabbüchner, der, hechelnd und mit Schweißperlen auf der Stirn, im Türrahmen stand. In seiner Hektik musste er ganze drei Blicke in den Raum werfen, um Van Ruhden schlussendlich zu entdecken. Dieser drehte sich endlich zu ihm um und sagte: „Herr Schwabbüchner, ich kann heute, ehrlich gesagt, keine schlechten Nachrichten gebrauchen."

„Sagen Sie mal, wie sehen Sie denn aus? Sind Sie heute mit dem falschen Fuß zuerst aufgestanden, oder wie?", fragte sein Chef entrüstet.

„Könnte man so sagen, ja", antwortete Van Ruhden auch jetzt wieder nur sehr halbherzig.

„Na ja, wie dem auch sei. Ich fürchte, ich muss Sie enttäuschen. Es gab wieder einen Raubüberfall, in der Münchner Residenz. Allerdings handelt es sich diesmal bei dem Diebesgut um wertvolle Gegenstände aus der Schatzkammer. Viel interessanter ist aber nicht das, was entwendet wurde, sondern was die Wachleute gefunden haben!"

„Gefunden? Sie meinen der oder die Diebe haben etwas hinterlassen?", fragte Van Ruhden nun deutlich angeregter.

„Sie sagen es. Ich schlage vor, Sie sehen sich das selbst vor Ort an."

Mit diesen Worten schnappte Van Ruhden wieder seinen Mantel und seinen Hut vom Kleiderhaken, seine Tasche vom Stuhl und seinen Notizblock vom Schreibtisch und machte sich auf zur Münchner Residenz.

Es war der elegant gekleidete Museumsdirektor natürlich, den Van Ruhden als Erstes wahrnahm. Der, für Van Ruhdens Verhältnisse, etwas klein geratene Mann hatte schwer zu tun um mit dem Detektiv mitzuhalten. Er führte den Detektiv in die Schatzkammer, die, wie Van Ruhden das durch erste Einblicke empfand, eigentlich gut bewacht und beschützt war. Relativ moderne Sicherheitstechnik.

Schließlich gingen sie durch die letzte, Dezimeter dicke Stahltür, mit Bolzen gesichert, die sich wie Krallen in die ausgehöhlten Löcher der Wand bohrten. Der Raum war verwüstet, überall lagen Scherben, umgefallene Behältnisse und irgendwelcher anderer Kram.

„Die Diebe haben Schätze in Höhe von mehr als 1.5 Millionen Mark entwendet. Es ist eine Katastrophe! Jetzt aber, schauen Sie, was unsere Wachleute entdeckt haben, als sie den Raub bemerkten ..."

Van Ruhden traute seinen Augen nicht. War das wirklich ...? Aber das ist doch nicht möglich! Doch!

Er blinzelte.

Ein zweites Mal.

Ein drittes Mal.

Er hatte sich nicht getäuscht. Auf dem Sockel, der zentral in der Mitte der Rückwand des Raumes stand, thronte ein Gemälde mit dem Antlitz von niemand Geringerem als Helmut Gübbenau! Was hatte das nun schon wieder zu bedeuten? Schon beim letzten Überfall gab es ein Indiz auf Gübbenau – der blaue Fleck. Und diesmal war es sogar noch eindeutiger! Irgendetwas stimmte ganz und gar nicht. Wieder einmal trieb so ein Psychopath sein dreckiges Spiel mit Van Ruhden.

Nachdem Van Ruhden eine ordentliche Untersuchung mitsamt Spurensicherung vorgenommen hatte, begab er sich zurück in sein Büro, um Schwabbüchner Bericht zu erstatten, dieser wartete bereits auf ihn.

Er saß schräg auf dem Schreibtisch und hatte die Hände übereinandergeschlagen. Gerade als Van Ruhden das erste Wort sprechen wollte, unterbrach ihn Schwabbüchner sogleich: „Ich weiß schon Bescheid, Herr van Ruhden. Dieser Diebesfund ist nicht nur eine Spielerei, es könnte ein Hinweis auf den Täter sein. Sie hatten wohl recht mit Ihrer ersten Annahme."

„Ganz genau, deshalb würde ich darum bitten, ein weiteres Gespräch mit Herrn Gübbenau selbst führen zu dürfen." „Das habe ich mir schon gedacht, deshalb ist bereits ein Termin für Sie vereinbart. Machen Sie sich gleich auf den Weg, Ihr Gespräch ist um Punkt 13.00 Uhr", verkündete Schwabbüchner und schaute dabei zunächst auf seine Armbanduhr, dann auf die kleine Kaminuhr gegenüber dem Schreibtisch. Van Ruhden nickte freundlich und stieg die Treppen wieder hinunter.

Er nahm die Straßenbahn, danach den Zug und kam am späten Vormittag in Grünwald an. Er hatte noch etwa 1 ½ Stunden. Also suchte er zunächst ein kleines Gasthaus auf und aß zu Mittag. Im Tagesangebot gab es Weißwürste mit Brezn und natürlich süßem Senf. Er beeilte sich mit dem Essen, schließlich soll laut Tradition die Weißwurst bis spätestens 12 Uhr mittags gegessen sein. Mit einem kühlen Weißbier goss er die Brezn hinunter. Das befreite so wunderbar seine Gedanken, und er überlegte, was er Gübbenau diesmal fragen könnte. Punkt 12 mit dem Glockenschlag von der nahe gelegenen Kirche schob er das letzte Stückchen Weißwurst in den Mund. Zum Nachtisch nahm er noch eine Portion Kaiserschmarrn mit einer nicht zu klein geratenen Portion Puderzucker oben drauf. Als er fertig war, legte er die Scheine plus Trinkgeld auf den Tisch und machte sich auf den Weg. Wie auch beim letzten Mal nahm er wieder denselben Weg und kam pünktlich in der Klinik an. Am Empfang saß eine junge Dame. Ihr gab er seinen Namen durch. „Sie werden bereits erwartet, Herr van Ruhden. Gehen Sie bitte in die Abteilung C, Korridor A, 2. Tür links, da geht's entlang", beschrieb sie den Weg und lehnte sich dabei ein wenig über den Tresen, um mit der Hand auf die richtige Tür zu deuten. Van Ruhden befolgte ihre Anweisung und begab sich in die von der Dame besagte Richtung. Er kannte den Weg noch vage vom letzten Mal. Nach kurzer Suche stand er wieder vor der Tür von Doktor Abels. Schon nach dem einmaligen Klopfen kam Dr. Abels an die Tür und begrüßte Herr van Ruhden recht freundlich. „Ah, Herr van Ruhden, wir erwarten Sie bereits." „Ja, so was Ähnliches hat man mir unten am Empfang schon gesagt", sagte er und löste damit bei Dr. Abels einen kurzen Lacher aus.

„Leider ist der Grund meiner Anreise weitaus ernster und wichtiger. Es gab einen erneuten Raubüberfall, diesmal in der Residenz in München. Und dabei wurde in der Schatzkammer ein Ölgemälde mit dem Portrait Helmut Gübbenaus platziert. Mein Vorgesetzter bat mich deshalb, noch einmal Helmut Gübbenau ins Kreuzverhör zu nehmen."

„Das kann ich gut verstehen, aber sicherlich wissen Sie noch, was letztes Mal geschehen ist. Es gelten immer noch dieselben Vorkehrungen. Auch wenn wir in letzter Zeit keine Auffälligkeiten bei Herrn Gübbenau feststellen konnten, gilt äußerste Vorsicht. Wir glauben mittlerweile, Herr Gübbenau prägt eine sehr außergewöhnliche neue Identität aus. Er ist also nicht berechenbar. Unsere bisherigen Aufzeichnungen sind also keine sichere Rechnung. Wir bringen Sie jetzt zu Herrn Gübbenau, aber denken Sie bitte an meine Worte!"

Er stand auf, ging zur Tür und öffnete sie einladend. Van Ruhden schritt hindurch und wartete im Gang auf den Doktor.

Wieder durchschritten sie endlose Gänge, wieder passierten sie Sicherheitsschleusen und Wachmänner, es ging hinab in den ausbruchfesten Keller, dem bisher kein Häftling entfliehen konnte. 95 % der Patienten, die hier unten einsaßen, waren Schwerverbrecher, Mörder, Geisteskranke mit der Neigung zum Wahnsinn, zum Übertreiben. Der kleinste Klick, und sie wurden zur TNT-Bombe.

Endlich kamen sie an der letzten Tür an. Van Ruhden durfte zunächst wieder allein in den Raum mit dem Glas in der Mitte als Trennwand, blieb aber nie ganz unbeobachtet. Die Leute hier waren hochprofessionell und auf alles vorbereitet. Hier konnten Sekunden entscheidender sein als Stunden in geführten Schlachten.

Als Van Ruhden diesmal den Raum betrat, saß Gübbenau bereits hinter der Glasscheibe. Anders als beim letzten Mal hatte er keinen Stuhl mehr bei sich, sondern musste auf dem Boden sitzen.

„Guten Tag, Helmut. Wie geht es dir heute?", versuchte Van Ruhden einen gepflegten Gesprächsstart.

„Das interessiert dich doch einen Dreck!", bekam er von ihm als patzige Antwort, aber Van Ruhden war das gewohnt und deshalb darauf vorbereitet.

„Aber, aber, Herr Gübbenau. Natürlich interessiert mich das. Aber bitte, Sie müssen es mir ja nicht sagen. Ich bin nämlich wegen etwas ganz anderem hier."

„Ach ja? Was ist es denn diesmal? Vielleicht bin ich der Hauptverdächtige an einem Kindsmord, was? Oder habe ich vielleicht zwei Geiseln genommen und fordere ein sündhaft hohes Lösegeld von der Polizei? Nein, warten Sie, ich hab's! Wahrscheinlich wollen Sie mich wegen eines Bombenattentats in Rom drankriegen." Er lachte ein düster klingendes Lachen.

„Das nicht, aber ich habe ein paar Informationen und Fragen, die Sie durchaus interessieren dürften."

„Na, dann schießen Sie mal los, Herr Detektiv."

„Es gab einen Raubüberfall. In der Münchner Residenz. Die Schatzkammer wurde fast vollständig ausgeraubt. Interessanterweise wurde aber eine Art Andenken hinterlassen. Und zwar ein

Gemälde. Ein Gemälde mit Ihrem Portrait darauf ..." Mit dem Verklingen von Ruhdens Worten in dem kalten Raum begann wieder das schallende Gelächter von Helmut Gübbenau.

„Bravo, Benjamin. Das ist wirklich der schlechteste Witz, den ich seit Langem gehört habe!"

„Zu schade nur, dass der Witz auf wahren Begebenheiten beruht. Wollen Sie mal einen schlechten Witz hören? Was steht auf dem Grab eines Mathelehrers?,Damit hat er nicht gerechnet'", erzählte er so trocken, dass selbst Clowns weinend aus dem Zimmer rennen würden.

„Das soll ein Witz gewesen sein?"

„Ich sagte ja nicht, dass er gut ist. Wie dem auch sei. Können Sie sich erklären, wie ein Bild mit Ihrem Antlitz in die Schatzkammer der Münchner Residenz kommt?"

„Keine Ahnung, woher sollte ich auch? Wie ich schon beim letzten Mal erwähnte, gibt's hier drinnen keine Infos. Keine Möglichkeit der Annäherung an die echte Welt. Die wenigen Zeitungen, die man hier drinnen nach schier endlosen Anträgen wie bei der Bank einreicht, sind älter als die Zeitschriften beim Zahnarzt!"

„Ist mir schon bewusst, ich dachte auch viel mehr, vielleicht hat Sie jemand besucht, etwas mit Ihnen besprochen. Oder Sie haben jemanden gebeten, Ihr Bild in der Schatzkammer aufzustellen!"

„Jetzt passen Sie mal auf, mein Freund. Ich weiß gar nichts, nichts außer der Tatsache, dass Sie ein elender Menschenverächter und Tyrann sind! Schauen Sie sich an, was Sie mit mir gemacht haben! Ich vegetiere und leide, und dann kommen Sie hierher, zum zweiten Mal, um mich mit dreisten Unterstellungen zu beschuldigen! Nein, das war das letzte Mal, dass ich solch eine Pein erleiden soll!"

Mit diesem erbitterten letzten Ausruf wickelte sich Gübbenau die Handketten um den Hals, um sich selbst zu erdrosseln. Van Ruhden sprang von seinem Stuhl auf und hämmerte gegen die Scheibe. Im selben Augenblick stürmten jeweils zwei Männer mit weißen Klamotten zu beiden Seiten des Raums herein und begaben sich zu Van Ruhden und Gübbenau. Die beiden auf der Seite

Gübbenaus hatten alle Hände voll damit zu tun, Helmut wieder unter Gewahrsam zu bringen und ruhigzustellen. Die anderen beiden baten Van Ruhden mehr als eindringlich, jetzt zu gehen. Sie griffen ihn unter den Armen und „begleiteten" ihn zur Tür hinaus. Derweil riefen die Pfleger auf der gegenüberliegenden Seite einen Anästhesisten, also einen Narkosearzt, zu sich, um Gübbenau mit einem Narkotikum außer Gefecht zu setzen, weil dieser sich wie ein sträubendes Kind auf dem Boden wälzte und weiterhin versuchte, seine Gurgel abzudrücken.

Van Ruhden verließ das Gebäude wieder. Es hatte angefangen zu regnen. Aber er hatte seinen Schirm zu Hause liegen lassen. Immerhin hatte er seinen Hut auf, den er jetzt, genau wie seinen Kragenmantel, enger heranzog, um sich vor Wind und Regen zu schützen. Die Tage waren kälter geworden, man merkte es deutlich. Der Winter nahte in großen Schritten. Mit dem Regen kam auch die Stadt in eine Art Kurzzeitschlaf. Die Gassen waren wie ausgestorben. Nur gelegentlich lief hier und da eine Person stillschweigend an Van Ruhden vorbei. Er begab sich zielstrebig zum Bahnhof zurück. Erneut war das Verhör mit Gübbenau misslungen.

*Wieso stellt jemand sein Portrait in der Schatzkammer der Münchner Residenz auf? Warum lügt Gübbenau? Oder sagt er die Wahrheit? Wer hat es auf mich abgesehen? Und wozu braucht er dann die Wertgegenstände aus dem Besitz der bayrischen Könige? Was verheimlicht mir Gübbenau?*

Endlose, unausgesprochene Fragen wirbeln wie Kugeln in einer Rassel in Van Ruhdens Kopf herum. Dieser Fall verlangte ihm erneut einiges ab, und erneut war er überfordert.

Mit Gübbenau. Mit Karls Tod. Mit den Fakten. Mit sich selbst …

# Kapitel 11

Es dauerte einen ganzen Moment, bis Van Ruhden von seiner Bettkante aufstehen konnte. Er fühlte bereits, dass dies kein guter Tag werden konnte. Zunächst verlief der Tag wie jeder andere. Allerdings würde er heute der Gerichtsmedizin einen Besuch abstatten. Diese befand sich im Keller des Polizeipräsidiums. Das lag nur zwei Ecken weit vom DDZ entfernt. Er ging also das kurze Stück zu Fuß und kam nach fünf Minuten dort an. Der Keller war wie jede andere Gerichtsmedizinräumlichkeit kalt, einsam und trostlos. Dort unten wirkte sein guter Bekannter, den er schon seit Beginn seiner Karriere als Detektiv kannte und der quasi jede Leiche einmal für ihn auseinandergenommen hatte. Dementsprechend begrüßte er seinen alten Freund: „Grüß dich, Lukki! Na, schnippelst wieder an Leichen rum?" Egal wie schlecht es Van Ruhden ging, wenn er Ludwig Holzapfel sah, ging es ihm gleich viel besser. „Ja, der Herr Meisterdetektiv. Habe die Ehre! Was bringt dich zu mir?" „Leider ein unangenehmer Zwischenfall. Hast du den Karl Bierstedt schon obduziert?" „Karl Bierstedt ... Lass mich mal kurz schauen. Ja, ja den habe ich gestern Nachmittag gehabt. Was ist denn mit dem?" „Das war der Ermordete von vorgestern." „Ach ja, richtig! Mensch, ich habe gehört, dass du den gekannt hast. Mein Beileid noch, gell!" „Ja, danke. Ist schon recht. Hast du denn irgendwas herausfinden können?"

„Die Tatwaffe war ein Messer mit durchschnittlich breiter Klinge. Könnte also ein übliches Küchenmesser gewesen sein. Die Wunde reicht knapp bis zum linken Lungenflügel, hat ihn aber nicht verletzt. Er starb dann doch an dem hohen Blutverlust. Des Weiteren war der Todeszeitpunkt tatsächlich gegen halb 10 Uhr abends. Es gibt keine anderen Verletzungen oder Spuren. Unter seinen Fingernägeln findet sich kein Abrieb von Haut. Auch sonst keine Anzeichen auf einen Kampf. Aber wen überrascht das, wenn man von hinten überfallen und erstochen wird." „Danke, Lukki." „Kann ich den Leichnam dann freigeben?" „Klar doch. Aber sag mal, was ist das denn für Musik, die du da hörst?" Das leise Rauschen aus dem Hintergrund war ihm erst jetzt aufgefallen. Die Melodie kam ihm bekannt vor.

„Ach das? Das ist die Loreley von Friedrich Silcher. Das Gedicht stammt von Heinrich Heine. Die literarische Vorlage stammt allerdings von Clemens Brentano." Mit diesen Worten stürmte Van Ruhden wie besessen aus dem Raum und rief noch im Laufen: „Danke Lukki, du bist Gold wert!" „Das weiß ich schon, aber verkauf mich deswegen bitte nicht in einem Auktionshaus!"

Die ganze Zeit lag es so deutlich vor ihm, er hätte es nur greifen müssen und tappte doch im Nebel.

Hetzend stieg er die Treppen hinauf und fiel in seinem Büro auf den Sessel runter. Zum Glück hatte er sie neulich mitgenommen. Er hielt sie zitternd in den Händen, nachdem er sie mit zwei Griffen gefunden hatte.

Sie funkelte immer noch ein wenig, dass Licht in den Fenstern stand günstig. Die Musikdose. Er grapschte nach dem Schlüssel in seiner Tasche und steckte ihn in die kleine Öffnung an der Seite. Er zog sie hastig auf und musste seine heftige Atmung ein wenig beruhigen, damit er die zimperlichen Klänge vernehmen konnte. Jetzt wusste er, welche Melodie sie spielte! Das Lied von der Lorelei! Aber was hatte das zu bedeuten? Da kam ihm wieder eine Idee ...

„Ich brauche unbedingt eine Liste der gestohlenen Gegenstände aus der Schatzkammer der Münchner Residenz." „Ja, einen Moment bitte." Die Sekretärin kramte die Akte aus einem

Regal hervor und reichte sie Van Ruhden. Seine Augen rangen förmlich nach Antworten, nach Erklärungen, die diesen Fall endlich in neue Dimensionen bringen würden. Gierig verschlangen sie die Zeilen, wie ausgehungerte Braunbären ein rohes Stück Fleisch packten.

„DA!" Van Ruhden rief es so laut, dass die Sekretärin einen unsagbaren, seltsamen Ausruf von sich gab. Einen irritierten Blick später ging Van Ruhden zurück in sein Büro und verglich die Informationen von der Liste mit denen, die ihm bereits vorlagen. Eindeutig, er war sich sicher, diese Musikdose war ein Diebesgut.

*Aber wie um alles in der Welt haben Sie es geschafft, die Dose vorher zu entwenden und danach den Raub zu begehen? Wie konnte jemand die Dose verstecken und mich darauf hinleiten?*

Die Sekretärin, die eben noch im Vorzimmer saß, kam nun herein und lehnte sich am Türrahmen an. Einen Fuß hatte sie angewinkelt, ihre Brille saß tief auf der Nasenspitze, weshalb sie schräg über den Rand hinwegsah, um Van Ruhden anzublicken.

„Ja, was ist denn?"

„Da ist ein Anruf für Sie. Der Herr meint, es sei wichtig und höchst dringend."

Van Ruhden schritt wieder in das Vorzimmer und hob den Hörer, der zur Seite gelegt wurde, vom Tisch auf und hielt die Muschel an sein Ohr: „Benjamin van Ruhden am Apparat, Detektiv beim Deutschen Detek …"

„Ja, Benni, weiß ich. Hör zu: Es ist was Schlimmes passiert."

„Günther? Bist du das?" „Ja, aber das tut jetzt nichts zu Sache. Clemens ist verschwunden. Er hat einen Brief hinterlassen, darin steht, er ist weg.‚Sucht mich nicht, ich muss nur eine alte Rechnung begleichen.' Kannst du dir einen Reim darauf machen?"

„Ich denke schon. Weißt du noch, dass wir damals die Kiste im Wald vergraben haben?"

„Ja, stimmt. Jetzt, wo du es sagst, fällt es mir wieder ein. Die Bilder! Du glaubst doch nicht etwa, dass …"

„Doch, genau das glaube ich. Danke, Günther."

Dann war die Leitung bei Günther tot. Er hob den Hörer verwundert vor sein Gesicht und rief noch ein paarmal: „Hallo, Benni? Bist du noch dran?" Dann bemerkte er aber, dass es nichts brachte. Benjamin hatte bereits aufgelegt. Er nahm die Bilder erneut zur Hand und blätterte sie wie auszusortierende Briefe durch. Was hatten die Bilder mit dem Verschwinden von Clemens zu tun? Da aber kam ihm ein neuer Gedankenstrang. Die Uhr! Der Wegweiser in der Uhr. Wie kam der da rein? Vom Uhrmacher etwa? Wieso sollte er das tun? Sofort bestellte er seinen Chauffeur und ließ sich heimfahren. Der Brief lag dort in seinem Büro.

Ein ordentlicher Spurentest stellte sich als erfolglos heraus. *Alles kombinieren. Die Uhr knickt um, ist kaputt. Der Uhrmacher richtet sie, findet den Brief. Der führt mich zur Spieluhr, die geklaut wurde. Der Brief kann nicht lange da drin gewesen sein. Es klingelte. In seinem Kopf. Der Knall! In der Nacht, vor ein paar Tagen.* Die Uhr war nicht einfach nur umgefallen wegen eines instabilen Fußes, nein, jemand hatte die Uhr manipuliert oder absichtlich umgeworfen und hatte zuvor den Brief darin versteckt.

*Schon wieder so ein Katz-und-Maus-Spiel.*

Van Ruhden wurde es mulmig zumute. Verdammt noch mal, jemand war vor ein paar Tagen in seinem Haus unbemerkt eingebrochen und hatte in aller Seelenruhe seinen Hinweis versteckt! Er sah sich den Brief noch einmal an: „Begebe dich zum Brunnen des Örtchens Eulenschwang ..."

Er stand auf, ging zum Fenster. Das war wie bei vielen Menschen, aufstehen, um einen klareren Kopf zu bekommen, um nachzudenken. Als er mit dem Brief zum Fenster schritt, bemerkte er auf der Rückseite ein Flimmern. Einen Schatten. Er drehte den Brief um. Aber da war nichts. Wieder die Vorderseite. Nur die von Hand geschriebenen Worte. Er hob es deutlicher gegen die Scheibe. Jetzt erkannte er, was das war. Eine Karte! Als Wasserzeichen in den Brief eingearbeitet. Es war zwar schwieriger zu erkennen, aber mit einer Lampe konnte er die Karte verstärken. Mit seiner Schreibtischleuchte belichtete er den Brief von hinten. Derweil nahm er einen Bleistift und zeichnete die Umrisse genauer ab. Auch ein paar Worte standen darauf. Hier und da Zeichen und Buchstaben. Es war keine herkömmliche

„Schatzkarte". Vielmehr handelte es sich ähnlich wie bei der eigentlichen Funktion des Papiers um einen Wegweiser mit kartographischen Einzeichnungen. Es zeigte ziemlich deutlich den Raum München. Aber gewisse Beschriftungen fehlten. Eine Linie zeigte den Weg zum Ziel, aber wie soll man wissen, wo das ist, wenn es keinen Anhaltspunkt gibt? Er las die Wörter „*Der gesuchte Ort ist kEin Gebäude, aber auch kein PLatz. Er ist offen und verSteckt. Wo 2 von 3 GeNerationen umgekoMmen und ZuCker hart wie ZiEgelstein.*"

Van Ruhden verstand endlich und rannte indessen die Stiegen hinunter und stieg wieder in den Wagen, in dem sein Chauffeur bisher gewartet hatte. „Zum Grünwalder Forst, machen Sie schnell!" Der Forst, natürlich. Der Wald ist stets offen, aber trotzdem kann man sich gut darin verstecken. Die letzten beiden Hinweise sind Anspielungen auf Märchen, die in Wäldern stattfinden: „*2 von 3 Generationen umgekommen*"- Rotkäppchen und Großmutter! „*Zucker hart wie Ziegelstein*" – Hänsel und Gretel am Hexenhaus! Jetzt verstand er auch den Hinweis. Die Lorelei. Literarische Vorlage von **Clemens** Brentano. Eine Vorwarnung. Diese angebliche Notiz, die Clemens hinterlassen hatte, war auch keine Abwesenheitsnachricht, eher ein Abschiedsbrief. Ein erzwungener.

Van Ruhden schritt in den Forst, und sein Kopf flog dabei herum, immer wieder hin und her, jagten mit den Blicken, was er suchte. Schließlich entdeckte er wieder die Stelle, wo sie die Kiste vergraben hatten. Doch statt der Kiste lag etwas anderes in dem Erdloch. Benjamin glaubte erst, es sei ein Pinsel. Oder es hätte auch eine Besenborste sein können. Aber als er es aufhob und in der Hand wog, erkannte er, dass es Haare waren. Menschliche Haare. Kastanienbraun – wie die von Clemens. Wieder kramte er die gefaltete Karte aus seiner Sakkotasche und klappte sie auf. Er folgte den Spuren. An der Stelle, wo die Kiste war, wo er jetzt stand, war auf der Karte eine Sanduhr eingezeichnet. Immer tiefer in den Wald führten seine Schritte. Das Unterholz knackte, und ein Kauz krächzte Verderbnis kündend. Sonnenlicht flutete eine Lichtung, und Van Ruhden stieß einen ungebremsten Schrei aus, als er seinen Blick von der Karte abwandte. Sein Körper reagierte abwehrend, machte automatisch Schritte nach hinten. Dabei fiel er rückwärts auf das Laub, denn er blieb mit dem Mantel im Dickicht hängen. Ihm wurde speiübel. Das hatte selbst er noch nicht gesehen und erlebt. Inmitten der Freiung lag das gewaltsam abgetrennte Haupt von Clemens. Seine Augen starrten direkt Van Ruhden an. Jetzt erst bemerkte er auch den Rest seines Körpers, der ein paar Meter daneben lag. Es war etwas Ungewöhnliches daran, dass ihm ins Auge stach. In der verkrampften Hand hielt er ein Stück Papier. Van Ruhden näherte sich auf Knien, vorsichtig und mit Bedacht gesenktem Kopf. Als er gerade nah genug dran war, beugte er sich nach vorne und kramte das Stück Papier aus der Hand. Die Worte las er mit extremer Verängstigung und Entgeisterung.

Er nahm die Beine in die Hand und rannte wie ein Wilder sofort zum Waldrand.

*„Du wirst das nächste Opfer sein!"*

# Kapitel 12

Selten fühlte er sich so verfolgt und verängstigt wie in diesen Tagen. Er verließ kaum noch das Haus. Und wenn, dann nur mit seinem großen Übermantel und dem Hut tief ins Gesicht gezogen. Menschen mied er jetzt mehr denn je. Es war ja niemandem zu trauen.

Schließlich aber kam der Tag von Karls Beerdigung. Gegen 13.30 Uhr fanden sie sich in der Kirche St. Moritz in Augsburg ein. Manfred und Günther saßen bereits in der zweiten Bank. Sie hatten Van Ruhden den Platz am Flur freigehalten. Alle drei trugen schwarze Anzüge mit weißen Hemden und Krawatten.

„Jetzt fehlt nur noch Heinz", gab Günther zu bemerken. „Er kommt bestimmt noch. Du kennst ihn doch", versicherte Manfred ihm schließlich.

„He, Benni. Was ist eigentlich mit Clemens? Hast du ihn schon finden können?", fragte Günther, weil es ihm gerade einfiel.

„Erzähl ich später", hauchte Van Ruhden nur leise rüber. Schließlich wurde es 14.00 Uhr. Heinz war immer noch nicht erschienen. Die Messe begann. Der Pfarrer samt vier Ministranten traten in den Altarraum, machten eine Kniebeuge vor dem Altar. Die Orgel spielte einen Einzug, ein schönes Lied aus der Deutschen Messe von Schubert. Der Organist leitete über, und die Gemeinde setzte in „Wohin soll ich mich wenden?" ein. Die Kirche war recht voll. Karl war zwar nicht der bekannteste Mann im Ort, aber immerhin hatten doch recht viele Anteil genommen an dessen Tod. Das Lied verstummte, der Pfarrer trat an den Ambo. Er verkündete noch einmal wie üblich zu Beginn einer Totenmesse den Tod eines verstorbenen Gemeindemitglieds. Später folgte dann der literarische Lebenslauf. Eine schöne Predigt. Wirklich schön. Die sanfte Stimme des Mittfünfzigers in der schwarz-weißen Montur brachte viele Gottesdienstbesucher doch zum Weinen. Auch die Freunde schwelgten in Erinnerungen. An ihre Jugendtage, die gemeinsamen Ausflüge in den Grünwalder Forst, an die Badeseen. Die Wochenendtrips in Städte oder Übernachtungen in freier Natur. Was waren das doch für glückliche Tage!

Plötzlich war die Rede des Pfarrers vorbei. Dann stimmte ein Chor ein Stück an. „Näher mein Gott zu dir" – die Worte flogen vor Van Ruhdens Augen dahin. Der Rest des Requiems verlief nach gewohnter Struktur.

„Und nun wollen wir unserem Bruder Karl das letzte Geleit geben und in seine letzte Ruhestätte betten."

Ein rollbarer Sargwagen, geführt von den Sargträgern, glitt an den Gesichtern vorbei, den Gang hinunter bis zum Ausgang. In u-förmigen Schlangen reihten sich die Leute hinten an. Als die Kirche schließlich von den Leuten geräumt wurde, begannen die Totenglocken zu läuten, und es reihte sich das Kondukt zum offenen Grab hin. Etwa zehn Meter vom Grab entfernt standen die Freunde. Jeder von ihnen hatte eine Kleinigkeit in der Hand. Sie hatten unter sich beschlossen, eine persönliche Sache, die sie mit Karl und sich selbst verbinden, seiner letzten Ruhestätte zu übergeben. Als dann jeder von ihnen vortreten durfte, um einen kleinen Augenblick am Grab zu verweilen, ein kurzes Gebet zu sprechen, einen Moment innezuhalten und das Grab zu segnen, warf jeder seine elementare Res den ellentiefen Schlund hinunter. Günther warf eine Radmutter hinein, als Zeichen der Autoverliebtheit von Karl. Manfred dagegen warf ein Schnapsglas hinein, da das das Letzte war, was er genießen durfte. Allerdings zerschellte das Glas an der Sargkante, was einen ziemlich unangenehmen Moment darstellte, denn in

Deutschland ist es eben ein ungeschriebenes Gesetz, dass eine Totenfeier unter keinen Umständen zu unterbrechen oder zu stören ist. Manfred zog beim Knall erschrocken die Schulter zusammen und kniff dabei die Augen zu. Aber was soll's? Schließlich durfte auch Van Ruhden sein Andenken beigeben. Erst verharrte er einen Moment, wirkte wie festgefroren, wie versteift. Dann plötzlich führte er den Gegenstand noch einmal zu den Lippen und überließ ihn schließlich der Erde. Aber keiner sah, was es war. Es ging zu schnell und gleichzeitig zu undeutlich. Damit neigte sich die Trauerveranstaltung auch allmählich dem Ende zu. Die Freunde gingen noch zu Karls Schwester, die den ganzen Tag geplant und organisiert hatte. Alle sprachen ihr das herzlichste Beileid aus. Karls Schwester lud sie alle im Anschluss noch auf den Leichenschmaus ein, dankbar lehnten sie die Einladung aber ab. Stattdessen verabredeten sie sich, selbst und nur für sich Karls Ableben zu gedenken. Sie trafen sich bei Manfred, an dem Ort, wo er das letzte Mal unter ihnen weilte. Wehmut legte sich wie ein mit Steinbrocken beschwerter Schleier über sie und umhüllte die ganze Aura mit der nötigen Sentimentalität.

„Auf Karl, einen echten Freund. Wir vergessen dich nicht!", prostete Günther den anderen mit Karls Lieblingsschnaps zu. Eine Träne füllte dabei nicht nur sein eigenes Auge, sondern auch die Augen der anderen.

So hielten sie quasi ihren eigenen Leichen- „Schmaus", wobei „Umtrunk" eine treffendere Beschreibung wäre. Und wie bei einem Leichenschmaus und ebenfalls bei Betrunkenen so üblich, philosophierten sie über das Leben und dessen Ende, besonders die von Karl und Clemens.

Schließlich ging aber auch dieser Moment vorbei. Die Gruppe der Freunde beschloss, sich wieder aufzulösen und ihrer Wege zu gehen. Im Verabschieden rief Günther noch im Türrahmen: „Mach's gut, Fredl! Danke für alles."

Als Günther schließlich gehen wollte, stockte er, da Benjamin keinen Mucks von sich gab. Nichts! Er stand da, wie angewurzelt, und starrte ins Leere. Erst mit heftigem Körperschüt-

teln durch Günthers Hände erwachte er aus seiner Trance und sagte nur kurz: „Danke Günther, bis nächstes Mal!"
Der aber blieb verdutzt stehen und sah ihm noch eine Weile hinterher, als er durch die Dämmerung lief.

# Kapitel 13

Der nächste Tag begann, und Martha wunderte sich, dass Van Ruhden gänzlich ohne ein Frühstück das Haus verließ. Mit der dampfenden Kaffeekanne stand sie im Türrahmen und rief ihm hinterher: „Jetzt trinken's halt wenigstens a Haferl Kaffee!" Doch er nahm die Worte gar nicht mehr wahr, sondern stieg prompt in den Benz, und der Chauffeur startete den Motor.

Auch die Vorzimmerdame Edeltraut Meyer ließ er links liegen und betrat steten Schrittes sein Büro. Sie erhob sich halb von ihrem Stuhl und schaute knapp über ihren Brillenrand um die Ecke, stützte sich dabei mit den Handballen auf der Tischplatte ab.

Die Diebstähle hatte er jetzt zur Seite gelegt. Er musste unbedingt Heinz finden. Denn er war erstens hoch tatverdächtig und zweitens stark mordgefährdet. Van Ruhden nahm wieder die Bilder mitsamt den Briefen und warf prüfende Blicke darauf, als entdeckte er jetzt neuerdings einen Hinweis. Seinen Schnurrbart zwirbelnd, grübelte er. Ein zartes Klopfen riss ihn aus den Gedanken. „Herein!"

Es war die Sekretärin. Zaghaft drückte sie die Klinke nach unten und warf zunächst unsicher ein paar Blicke in den Raum. „Darf ich?", murmelte sie leise.

„Ja, bitte. Treten Sie ein", bat Van Ruhden und machte dazu eine winkende Handbewegung.

„Entschuldigen Sie bitte vielmals, dass ich Sie störe, Herr van Ruhden, aber hier kam gerade ein Brief mit der Post. Er ist an Sie adressiert – vertraulich. Ich dachte, ich gebe ihn Ihnen lieber gleich." Sie sprach zu Ende, reichte ihm das Schreiben und ging leisen Schrittes wieder zur Tür hinaus, was Van Ruhden gar nicht zu bemerken schien. Van Ruhden rattschte in der Zwischenzeit die Oberkante des Briefes auf und entnahm dem Umschlag ein einzelnes, zu Dritteln gefaltetes Blatt.

Seine Augen erfassten die Zeilen, und schon nach wenigen Worten erkannte er die Schrift des Verfassers. Er war äußerst erstaunt, dass es ihm überhaupt möglich war, diesen Brief zu schreiben geschweige denn ihn abzuschicken.

*„Mein lieber, alter, guter Kollege Benjamin!*
*Ich fasse mich kurz, langes Gerede bringt niemandem viel, deshalb spreche ich frei heraus:*
*Ich weiß, wo dein Freund sich aufhält. Und du wirst nicht glauben, was wirklich geschieht. Ich kann dir mehr sagen, aber nur so viel, wie ich weiß. Komme mich doch noch einmal besuchen. Ich erwarte dich.*
*Herzlichste Grüße übermittelt dir dein Freund*
*Helmut Gübbenau"*

Er wusste es gleich, er hätte es wissen müssen.

Van Ruhden schnappte sich sofort seinen Mantel und den Hut, und so schnell, wie er gekommen war, rauschte er auch wieder an Frau Meyer vorbei. Im Vorübergehen flog sogar ein loses Blatt vom Schreibtisch der Sekretärin. Sie wunderte sich sehr über die gemischten Auftritte ihres Vorgesetzten.

„Herr van Ruhden, nehme ich an." Die Empfangsdame am Marmortresen warf ihm bereits beim Betreten des Gebäudes einen misstrauischen Blick zu. „Dann nehme ich auch einmal an, dass Sie den Weg noch kennen …"

„Sie brauchen sich keine Sorgen zu machen, den finde ich schon", pflichtete er ihr bei und ging wieder ab. Natürlich hatte er den Weg im Kopf, auch wenn andere schnell durcheinandergekommen wären, sah in der Nervenheilanstalt doch jede Abteilung nahezu gleich aus. Monoton gestrichene Flure, massive Holztüren mit golden schimmernden Messingklinken. Und doch stand Van Ruhden keine zwei Minuten später wieder vor der Tür von Doktor Abels. „Herr van Ruhden, ja, ich dachte mir schon, dass Sie noch einmal kommen würden", begrüßte er Van Ruhden mit einem gewissen Unterton. „Herr Gübbenau hat den Suizidversuch Gott sei Dank überlebt, es geht ihm jetzt wieder besser. Tatsächlich hatte er sogar einen Besserungsaufschwung. Möglicherweise liegt das aber auch an der strengen Unterbindung und der Zwangsjacke, die wir ihm seit dem Vorfall anlegen mussten."

„Und da haben Sie ihm erlaubt, mir einen Brief zu schreiben?"

„Herr Gübbenau hat uns eindringlich darum gebeten, vor allem, dass er ihn selbst von Hand schreiben darf. Nach mehreren Tagen gaben wir schließlich nach, er versprach uns hoch und heilig, keine Dummheiten zu unternehmen. Zwei Wächter waren die ganze Zeit im Raum und hielten ihn unter Beobachtung. Und fürwahr, er hat sein Wort gehalten. Seitdem darf er auch hin und wieder die Jacke ablegen. Zur Sicherheit haben wir sie ihm aber für Ihren Besuch angelegt."

„Ich verstehe."

„Herr van Ruhden, ich muss Sie an dieser Stelle noch einmal deutlich darauf hinweisen, Herrn Gübbenau nicht zu reizen! Sie haben selbst gesehen, was letztes Mal passiert ist."

„Sie haben mein Wort. Im Übrigen war es ja Herr Gübbenau selbst, der mich eingeladen hat. Er wird sicherlich wissen, was er mir sagen will. Deshalb werde ich heute die passive Seite annehmen. Versprochen!", schwor er und hob wie ein zu Vereidigender Zeige- und Mittelfinger in die Luft.

„Dann hoffen wir mal, dass alles gut geht", betete er die Worte, gefolgt von einem Schnauben. Wieder begleitete er Van Ruhden durch das schier endlose, verwirrende Labyrinth, das sie Nervenheilanstalt nannten. Auch diesmal ging es durch Sicherheitsschleusen, vorbei an Wachleuten und in den Keller, der eine traurige und zugleich düstere Ausstrahlung hatte, obwohl das Weiß hier noch greller war als in den oberen Räumen. Van Ruhden trat in das mittlerweile vertraute Zimmer und spiegelte sich in der Scheibe. Er nahm auf dem zentral positionierten Stuhl Platz und wartete mit unruhigen Atemzügen auf das Eintreten von Helmut Gübbenau. Ein Blick auf die Uhr beschwichtigte sein Gefühl der langsamer voranschreitenden Zeit, die diese Mauern auszustrahlen schienen. Endlich erklang das gedämpfte Geräusch der aufgehenden Schutztür in der Parallelseite des Raumes. Untergehakt von zwei Pflegern, die locker gerade erst aus dem Boxring ausgestiegen sein könnten, wurde Helmut Gübbenau hereingebracht. Diesmal hatte auch er wieder einen Stuhl. Ein zufriedener Blick. Ein Blick, den Van Ruhden von vielen Menschen kannte. Menschen, die von Überlegenheit und Selbstsicherheit nur so strotzten. Gübbenau ließ dem Moment eine ganze Weile, bis er seine Lungen mit frischer Luft füllte und seinen ersten Laut von sich gab. „Hallo, Benjamin." Seine Stimme war ungewöhnlich ruhig, fast erzählerhaft. „Hallo, Helmut. Wie geht es dir?", antwortete Van Ruhden mit einiger Vorsicht.

„Danke der Nachfrage. Du wirst es nicht glauben, aber es ging mir noch nie zuvor besser!" Bei keinem der Worte verließ das freundlich scheinende Lächeln sein Gesicht.

„Warum hast du mich hergebeten? Was willst du mir sagen?", fragte er und bemühte sich dabei um einen wirklich angenehmen und empathischen Tonfall.

„Oh, vieles. Und gar nichts. Ich kann nicht mehr sagen, als ich weiß, aber auch nicht weniger, als ich kann."

„Helmut, du sprichst in Rätseln. In deinem Brief erwähntest du, dass du mir sagen könntest, wo ich meinen Freund Heinz finde."

„Ja, das stimmt. Aber wie eben erwähnt kann ich nicht mehr sagen, als ich weiß – und nicht weniger, als ich kann."

„Dann sag mir doch bitte so viel du weißt und nicht weniger, als du kannst."

„Der Wissende muss wissen, was der Fragende fragt."

„Wovon sprichst du?" „Der Wissende muss wissen ..."

„Ich habe schon verstanden, Helmut.,Der Wissende muss wissen, was der Fragende fragt.' Du meinst also, ich soll dir die Fragen stellen, die mich zu Heinz führen könnte?" „Nicht nur irgendeine Frage, Benjamin. Frag mich doch einfach, wo du ihn suchen sollst."

Van Ruhden war überrascht und ein wenig verwirrt. Machte Gübbenau es ihm wirklich so einfach? Und selbst wenn – wie konnte er sicher sein, dass seine Antwort richtig oder zumindest hilfreich war? Er müsste es einfach versuchen. Weniger als eine falsche oder hilflose Antwort hatte er ja nicht zu befürchten.

„Also gut. Wo soll ich Heinz suchen?"

„Suche dort, wo alles angefangen hat."

„Wo alles angefangen hat ..." Van Ruhden murmelte die Worte zu sich selbst und kratze sich dabei am Kinn.

„Ich bin sicher, du wirst es verstehen. Viel Glück, Benjamin. Wir sehen uns im nächsten Leben."

Erneut quietschte die Türangel, und die Preisboxer traten heran. Sie griffen ihn an den Ellenbogen, die wehrlos in der Zwangsjacke feststeckten. Im Gegensatz zu anderen Irren, die Van Ruhden schon in Zwangsjacken erlebt hatte und äußerst panisch und bewegungsunfähig in der Fixierung zappelten, war Gübbenau dagegen seelisch ruhig geblieben und ließ sich nichts anmerken.

Die Worte „Suche dort, wo alles angefangen hat" flogen Van Ruhden endlos im Kopf herum.

Erleichtert über den guten Verlauf des Besuchs, begleitete Doktor Abels ihn hinaus.

„Vielen Dank, Herr van Ruhden. Sie haben Ihr Wort gehalten. Auf Wiedersehen!" Van Ruhden nahm die Verabschiedung noch entgegen und stieg im Anschluss in die Bahn zurück nach München in sein Büro. Das rhythmische Klackern der Räder auf den Schienen regte Van Ruhdens Gedankengang an, aber er verstand noch nicht die genaue Bedeutung hinter Gübbenaus Worten.

„Suche dort, wo alles angefangen hat." Der Satz brannte sich in seinen Frontallappen. Eine Schläfenmassage brachte nur wenig Erleichterung von den allmählich auftretenden Kopfschmerzen.

*Also gut, noch mal von vorn. Logisch nachdenken. Wo könnte alles angefangen haben? Was könnte angefangen haben? Die Mordserie? Die Briefe? Die Bilder? Manfreds Haus? Unwahrscheinlich ... Das Send-*

*linger Tor? Noch unwahrscheinlicher! Es sei denn, er hätte eine Art Kanalisationsraum geschaffen oder eine verborgene Nische in den Mauern. Ein solcher Aufwand für das? Wenn ich der Mörder wäre, wo würde ich mich verstecken? Oder gar ... Nein!*
Den Rest des Gedanken wagte er sich gar nicht vorzustellen. Als er in der Innenstadt ankam, entschloss er sich, sein Büro nicht mehr aufzusuchen. Das war nicht mehr von Nutzen für den heutigen Tag. Also ließ er sich von seinem Chauffeur gleich nach Hause bringen. Möglicherweise würde die frische Landluft eine lösende Idee oder zumindest Erleichterung bringen.

Das Erste aber, was er in seinem Haus tat, war, das Mittagsmahl von Martha einzunehmen. Nachdem sein Frühstück heute auf der Strecke liegen geblieben war, haute er dafür beim Mittagsessen umso mehr rein. Martha hatte einen Nudeleintopf mit Kartoffeln und Speck gekocht. Ein sättigendes Mahl für jemanden, der einen Bärenhunger aufbrachte.

„Und? Schmeckt's Äna a recht guat? Den Speck hob i heit früh gonz frisch uff'm Dorfmorkt gekauft. Ham's denn wenigstens was neis rausfinden kännen mit ihren Freunden und den ganzen Mordfällen? Sie glaub'n jo gor net, wie mich des olles belastet. I konn nochts gor nimme ruhig schlofen!"

„Martha, ich glaube, ich stehe kurz vor der Lösung dieses Rätsels. Es gilt nur noch herauszufinden, wo ich Heinz finden kann", sagte er und führte den beladenen Löffel zu seinem Mund.

„Ah, des is ober a wirklich gude Nochricht. Dann wünsch ich Äna noch en recht gudn Appedit, und ich geh jetzt wieder ins Wohnzimmer und strick weiter mein Schol." Sie lachte Van Ruhden freundlich an, erhob sich vom Stuhl und schob diesen wieder an den Tisch. Marthas treu schaffende Hände! Sie waren mittlerweile nicht mehr die halbwegs zierlichen Hände einer Frau, sondern die gealterten Finger einer gut arbeitenden Haushälterin. Die Kuppen waren schon rundlich abgenutzt und kleine Fältchen zogen sich über die Handrücken. Aber das machte weder ihr selbst noch Van Ruhden etwas aus. Im Gegenteil! Es rundete das Gesamtbild dieser herzensguten Frau ab.

Im Anschluss an das Mahl leistete er ihr Gesellschaft. Sie saßen in den sich gegenüber- stehenden Ohrensesseln am Kamin, das Feuer knisterte. Van Ruhden nippte genüsslich an dem ovalen Cognacglas, und das Schweigen war ihnen Unterhaltung genug.

# Kapitel 14

*Ein Es-Dur–Septakkord,* dachte Van Ruhden, als er die Glocken der St. Marienkirche hörte. An diesem Mittag fand die Beerdigung von Clemens statt. Günther, Manfred und er selbst trafen sich vor dem Eingang der Kirche. Sie war bedeutend kleiner als die St.-Moritz–Kirche, in der Karls Beerdigung stattfand. Dafür war der Charme dieser Kapelle umso größer. *Spätes Rokoko,* mutmaßte Van Ruhden und blickte hinauf zum Deckenfresko. In der Mitte stand Clemens' Sarg. Leere Augen starrten den Holzkasten an, als würde er gar nicht da stehen, nicht existieren. Der Abschied fiel diesmal aber noch schwerer aus. Die Gedenkübergabe am Grab fiel allen dreien nicht leicht. Günther übergab der Erde eine alte Trillerpfeife als Zeichen von Clemens Fußballleidenschaft, Manfred warf dafür eine Spielkarte hinein, Herz Ass, seine Lieblingskarte. Van Ruhden aber warf seinen Gegenstand in einem Umschlag hinein. Manfred und Günther warfen sich fragende Blicke zu, wagten es aber nicht, Benjamin darauf anzusprechen. Nach der Beerdigung trafen sie sich wieder auf einen Umtrunk, diesmal ein kühles helles Bier, Clemens' Lieblingsgetränk. Ihre ehemalige Gaststätte bot sich dafür wohl am ehesten an. Sie hielt nicht lange an, die melancholische Sitzung, denn schon bald wollten alle drei ziemlich zur selben Zeit das Lokal räumen und nach Hause gehen. Sie hatten sich einfach nicht mehr viel zu sagen. Die Luft blieb einfach weg, der Stoff aus. Ihr einstiges feuriges, jugendhaftes Temperament war verflogen. Spätestens mit dem Tod ihrer beiden Freunde Karl und Clemens. Und Heinz blieb weiter verschwunden. War doch er schuld? Van Ruhden hegte langsam Zweifel. Trübsal blasend begab er sich auf den Heimweg. Wie immer schwieg sein Chauffeur. Zu Hause setzte er sich in seinen Bürosessel und schenkte sich ein Glas Cognac ein. Er nahm seinen Ordner mit den Beweismitteln hervor. Sein Blick wanderte durch die Blätter, die seine linke Hand in zeitlich rhythmischen Abständen umblätterte, seine rechte Hand führte das Schwungglas mit der bernsteinfarbenen Flüssigkeit zu seinem Mund. Plötzlich hielt er inne. Konnte das sein? War das die Lösung des Rätsels? Er schluckte den Cognac runter und schnellte im gleichen Moment hoch. Seine Hand fegte dabei das Glas zu Boden, das krachend und scheppernd zerschellte. Flatternd wie Federn fielen die Papiere hinab und landeten nach dem übelsten Zufallsprinzip auf dem Flur. Van Ruhden war bereits auf und davon, bevor auch nur das erste Blatt die Dielen küsste. Als Letztes landete ein älteres Schwarz-Weiß-Foto auf dem Boden. Es zeigte die Freunde zusammen, Arm in Arm, auf dem Kreuzeck, unweit der Zugspitze, dem gewaltigsten Bergmassiv in Deutschland. Eine Skihütte, wo sie ihren Freundschaftspakt beschlossen hatten. Man könnte also sagen: „Dort, wo alles angefangen hat …"

# Kapitel 15

Die Seilbahn trug ihn weit hinaus, immer höher und höher. Bald überragte er das Tal samt der dichten Nebeldecke und erreichte dünnere Luftschichten. Auch die Kälte nahm mit jedem Höhenmeter erschreckend zu. Bald überschritt er sogar die Schneegrenze. Zuerst nur gezuckerte Grünfelder, dann, allmählich, überlastete Tannenzweige, gebeugt von der massiven Schneelast. Er stieg an der Oberstation aus, der Wind hier oben war furchtbar kühl, raubte so manchem gewachsenem Mann das Leben. Im Vergleich zum Tiefwinter war dieser Oktobersturm noch ein laues Lüftchen. Seine Wangen liefen rot an, er zog den Kopf ein, stapfte festen Schrittes in den Neuschnee, der locker schon 20 cm betrug. Ein Treiben setzte ein, verengte seine Sicht. Er hob den Arm, angewinkelt wie ein Schild, vor seine Augen. Schließlich konnte er die Hütte von Weitem entdecken. Sie war weit und breit der einzige Rettungspunkt. Es war ein recht herrschaftlicher Bau für die Zeit, stabil auf einem Felsvorsprung erbaut, war es eine feste Burg. Ein perfektes Versteck. Von Weitem schon meinte er ein brennendes Licht aus der Hütte erkennen zu können. Seine Augen kniff er zusammen, sodass sie so dünn wurden wie gehälftete Mandeln. Immer näher trat er an die Hütte heran, vorsichtshalber machte er einen großen Bogen und kam über eine fensterlose Seite an den Bau heran. Als er schließlich die Wand erreichte, war er zunächst vom Wind einigermaßen geschützt, in einer günstigen Position, um sich zu nähern. Rücklings lehnte er sich an die Wand und schlich seitwärts an die Vorderseite heran. Außer dem Licht war bisher nichts zu vernehmen gewesen. Kein Laut, keine Schritte, nicht mal ein Knacken vom Altholz. Endlich erreichte er die Vorderseite, die durch ein Vordach ein wenig abgedeckt war. Van Ruhden stieg mit einem Fuß auf die oberste Stufe der Treppe und schwang sich dann komplett hinauf. Er blieb zunächst geduckt und zückte seinen Dietrich. Das alte, leicht verrostete Schloss war eigentlich keine große Sicherung für die Skihütte. Es war ein altes Bolzenschloss, das lediglich einen festen Schlüssel brauchte, um es zu öffnen. Deshalb brauchte er auch nicht lange, und schon schwang ihm die Tür entgegen. Wenn Van Ruhden sich recht erinnerte, lag hinter der Tür zunächst ein kleiner Eingangsbereich, wo man seine Kleidung an- und ablegen konnte sowie die Skier vom Schnee trocknen lassen konnte. Aus diesem Zimmer hatte er von außen kein Licht erkennen können. Dahinter aber lag eine Art Wohn-/Esszimmer und gegenüber ein Schlafbereich. Das Licht, das er vorhin registrieren konnte, schien aus dem Wohnzimmer zu kommen. Mittlerweile hatte er die Eingangstür fast geräuschlos schließen können. Sein einziger, unausweichlicher Fehler war das heulende Zischen des Windes, der in den Erstbereich eintrat und hell erklingend austrat, als er die Tür wieder schloss. Kalter Schweiß brach ihm aus und rann wie ein eisiger Schauer seinen Rücken hinunter. Eine Gänsehaut überkam seinen Körper, als würde jemand eine Messerklinge über eine Schiefertafel kratzen. Kurz bevor er die Tür in den Wohnbereich mit sanften Schritten erreichte, bemerkte er einen zitternden Tremor in seiner Hand, der mit jeder nähernden Bewegung an die Klinke stärker wurde. Ein letzter Atemzug füllte seine Lungen, und mit geballter Kraft nahm er allen Mut zusammen und riss die Tür auf. Er schritt fast leichtsinnig in den Raum, ohne zu wissen, was ihn erwarten würde. Van Ruhden war überrascht, fassungslos, ja, geradezu entgeistert, als er erblickte, was der Raum für ihn bereithielt. Der Raum wird mit nicht weniger gefüllt als gähnender Leere! Was ging hier nur vor sich? Van Ruhden trat noch einen Schritt näher heran und blickte an die Parallelwand, an der alte Holzskier und einige Fotos hingen. Oder besser gesagt, Fotos und einige leere Bilderrahmen, die früher einmal Fotos präsentierten. In diesem Moment spürte Van Ruhden einen kalten Gegenstand, der sich gegen seinen Hinterkopf presste, als wollte er sich durch sein Hirn durchbohren.

„Das hat ja ewig gedauert. Ich habe schon befürchtet, du würdest es nie schaffen …"

Van Ruhden drehte sich langsam um 180 Grad und blickte in den Lauf eines Revolvers, den Manfred auf ihn richtete. Die ganze Zeit stand er hinter der Tür und kam erst jetzt hervor. Die Waffe verbarg nur zur Hälfte sein süffisant lächelndes Gesicht.

„Manfred. Ich habe es gewusst. Die ganze Zeit. Ich hätte es von Anfang an wissen müssen."

„Bravo, du Supergenie. Bist du endlich auf die Lösung des Rätsels gekommen? Schließlich habe ich dir Dutzende Hinweise gegeben, aber das würdest nicht mal in 100 Jahren verstehen."

„Wo ist Heinz? Was hast du mit ihm gemacht?", fragte Van Ruhden energisch.

„Gut, dass du es sagst, den hätte ich ja fast vergessen. Komm schon, gehen wir ein Stück und besuchen unseren Freund Heinz, diesen Verräter!"

„Wieso Verräter?"

„Du hast es also wirklich immer noch nicht gerafft?", fragte Manfred ernsthaft aufgebracht. Er schob Van Ruhden mit dem Revolver wieder zum Ausgang und benutze ihn wie einen Taktstock, um ihn durch die Gegend zu dirigieren. „Öffne die Tür!", befahl Manfred und machte eine winkende Bewegung mit dem Lauf des Revolvers. Van Ruhden gehorchte und stellte gleichzeitig die Frage: „Was hast du nur getan? Wo hast du Heinz versteckt?" „Wirst du schon sehen, gedulde dich noch ein wenig. Schließlich musste ich mich auch jahrelang gedulden."

„Wieso gedulden?", wollte Van Ruhden wissen.

„Das sag ich dann schon noch, da du ja noch nicht selbst darauf gekommen bist, du Idiot!" Die letzten Worte spuckte er ihm nur so in den Rücken. Manfred kommandierte ihn um das Haus herum, quasi auf die andere Seite, von der Van Ruhden gekommen war. Auf der Rückseite angekommen, erschrak Van Ruhden und stammelte: „Heinz ... Mein Gott, was hast du ihm nur angetan?" Heinz war auf einen Stuhl gefesselt, die Hände auf den Rücken gebunden. In seinem Gesicht zeigten sich bereits einige Zeichen der unsäglichen Kälte. Eine blassweiße Haut, angefrorene Haarsträhnen und ein schüttelfrostartiges Zittern markierten dieses Leid. „Keine Sorge, lange ist er noch nicht hier, aber er wird zu deiner Information auch nicht mehr lange hier sein."

Was Van Ruhden erst jetzt bemerkte, war der große, schwarze Holzkasten, der im Wind baumelnd an dem hervorstehenden Balken des Giebels angebracht war. Es war ein Konzertflügel, befestigt an einem Seil, das nach seiner Einschätzung auch nicht mehr allzu lange halten dürfte. „Was soll das denn?", fragte Van Ruhden mehr oder weniger rhetorisch.

„Kennst du das denn nicht? Der alte Krimiklassiker: Die Geisel wird von einem Klavier erschlagen. Das wollte ich immer schon einmal tun!" Boshafte Krankheit lag in Manfreds Stimme.

„Du bist krank, Manfred. Weißt du das?"

„Sag du mir nicht, dass ich krank bin! Ihr habt mich alle immer schon als den Bekloppten hingestellt!" Sein schreiender Hall warf sich als Echo in die Berge. „Das solltest du besser nicht tun, sonst löst sich noch eine Lawine ab."

„Halt dein Maul, sag du mir nicht, was ich zu tun habe!"

„Manfred, aber ich verstehe nicht, WARUM? Warum das alles? Warum tust du all diese Dinge?"

„Du hast es also wirklich noch nicht begriffen. Lange Zeit waren wir die besten Freunde, weil ich ja sonst keine hatte. Aber als meine Eltern starben und ich zum Waisen wurde, wart ihr da für mich da? Nein, ihr habt mich im Stich gelassen! Ihr habt es gerade mal geschafft, eure faulen Ärsche auf die Scheiß- Beerdigung zu schleppen. Aber ihr wart nicht mal alle anwesend. Karl hat gefehlt. Deswegen habe ich ihn zuerst umgebracht. Und dann, als ihr alle eure Karriere begonnen habt, da habt ihr euch auseinander- gelebt. Ich hatte niemanden, und ihr hattet eure Frauen, eure Kinder, eure Kollegen und Haushälterinnen und sonst irgendwelche Deppen. Aber nur der dumme Manfred, der war allein. Der hat nicht mal einen Job bekommen. Nein, ihr habt ihn sogar ausgelacht, als er in einem Beruf als Tischler die Türen eines Schrankes auf der falschen Seite angebracht hat. Und als ich Bäcker war und mir die Scheiß-Bäckerbude abgebrannt ist, weil ich vergessen hatte, die Drecks-Brötchen aus dem Ofen zu holen."

„Aber Manfred ..." „Nix Manfred! Lass mich gefälligst aussprechen. Ich will, dass du alles hörst, bevor ich dich umbringe! Ich schwor also, Rache zu üben. Eines Tages, da würde sich die richtige Gelegenheit schon ergeben. Und als du dann diesen Psychomörder Helmut Gübbenau in die Klapsmühle gebracht hast, witterte ich meine Chance. Ich habe ihm geschrieben, dass ich mich an dir rächen will. An dir und an der ganzen Bagage, die ihr Freunde nennt. Er stimmte zu, ich hatte nur keine Ahnung, wie man so was macht, einen Mord begehen. Ein Verbrechen genauestens zu planen. Bedingung war allerdings der Grundgedanke, dass ich dich mit einem letzten Fall bloßstellen wollte, der dich zermürbt und dir schlussendlich das Leben kostet! Ich habe alles genauestens geplant. Zuerst habe ich die Bilder genommen und sie dir geschickt mit dem Brief und dem Treffen am Sendlinger Tor."

„Ich habe es gewusst, als ich die Skihütte auf den Bildern sah. Sie gehörte deinen Eltern, ist quasi das Einzige, was dir von ihnen übrig geblieben ist. Deine Formulierung am Ende des Briefes ‚alter Freund' und die Unterschrift ‚F'. Als Günther letztens deinen Spitznamen Fredl erwähnte, kam mir die Idee. Natürlich hätte es auch sonst jeder sein können, deswegen hielt ich mich zurück. Jetzt aber ist mir alles klar. Du hast auch die Diebstähle veranlasst. Du wolltest mich auf die falsche Fährte locken, wolltest mich glauben lassen, Gübbenau wäre schuld. Aber das war sicherlich nicht möglich. Der blaue Fleck an den Gemälden, raffiniert. Das Bildnis von ihm selbst, brillant, ich muss schon sagen. Ein echter Hohn mir gegenüber. Aber sag mir, was willst du denn mit dem ganzen Krempel?" „Ich baue mir ein neues Leben auf. Außerdem brauchte ich doch die Spieluhr, um dir wenigstens eine Chance mit Clemens zu geben. Ich habe dich von Anfang an an der Nase herumgeführt, du hältst dich für den genialen Detektiv, den alle in dir sehen, der du aber gar nicht bist. Du bist ein Idiot und ein Verräter, genau wie jeder andere von euch."

Heinz' Zittern wurde langsam schwächer, aber das lag an der dahinsiechenden Körperschwäche und der Unterkühlung.

„Also war der Wegweiser in der Uhr auch von dir. Die Nacht, als ich den Krach hörte. Der Fuß ist gar nicht eingebrochen. Du hast ihn manipuliert und den Hinweis im Uhrwerk versteckt. Als der Uhrmacher ihn fand, wusstest du, er würde ihn mir geben, ich würde die Spieluhr finden und das Lied hören. Clemens, du hast ihn zugerichtet wie ein Schwein zum Schlachten."

„Die Jahre als Metzger haben sich ausgezahlt."

„Du hast mir falsche Spuren in den Weg gelegt, um mich reinzulegen. Gübbenau war die ganze Zeit dein geheimer Verbündeter. Er hat mir verraten, wo ich dich finden würde. Ich nehme an, du hast ihm einen Teil der Raubbeute versprochen und es ihm später versagt. Da wurde er wütend und entschied sich, mir zu helfen. Weil du ihm aber nicht mehr gesagt hast, konnte er mir auch nicht viel helfen. Schließlich ist er auch immer noch mit mir verfeindet."

„Gübbenau ist ein Nichtsnutz. Sein Tod wird zu schade sein. Zuerst aber töte ich dich. Dann schieße ich den Flügel über Heinz' Kopf runter und kehre schließlich zu Günther zurück, um ihm zu berichten, dass ihr tragisch ums Leben kamt. Heinz stürzt samt Flügel den Berg hinab, und du hast Selbstmord begangen. Günther wird es kaum verkraften, das alte Weichei."

„Manfred, ich bitte dich. Das sind doch alte Wunden. Wir können das klären. Es mussten schon zwei von uns sterben. Wenn du uns alle tötest, hast du wieder niemanden. Mach es nicht noch schlimmer."

„Hör auf, halt das Maul!" Manfred presste sich die Hände auf die Ohren. „Keine Gnade. Ich brauche niemanden. Ich starte mein neues Leben, und dann gehe ich fort von hier. Lasse alles hinter mir, was mich an die vergeudete Zeit mit euch Verrätern erinnert. Das ist mein Vermächtnis des Hasses!"

„Also gut, aber dann nimm nur mich", willigte Van Ruhden opferbereit ein. Er trat direkt vor den gezielten Lauf der Pistole. Heinz drehte mit letzter Kraft seinen Kopf zu Van Ruhden und warf ihm wehmütige Blicke zu. „Aber lass die anderen in Frieden. Töte mich. Vergrabe meine Leiche, ist mir egal, aber verschone Heinz und Günther. Schwör mir, Heinz zu retten und Günther kein Haar zu krümmen. Wenn du ein ehrenhafter Mörder bist, dann gib mir dein Henkerehrenwort." „Einverstanden." Manfred spannte den Hahn: „Sag leb wohl, Benjamin!"

„Leb wohl, Benjamin!", schrie Van Ruhden und grätschte Manfred mit einem Hieb um. Ein donnerhafter Schuss entfuhr dem Revolver und riss das Hängeseil des Flügels an. Dieser setzte sich ein bedeutendes Stück tiefer ab und drohte gleich herabzustürzen. Manfred lag am Boden. Etwas daneben die Waffe. Van Ruhden zögerte nicht und griff sich den Revolver. Bevor Manfred begriff, was gerade geschah, richtete er sich auf und blickte wütend auf Van Ruhden.

„Es ist aus, Manfred!" Manfred aber stieß einen schallenden, boshaften Lacher aus und rannte plötzlich auf Van Ruhden zu. Benjamin wich geschickt aus und hechtete zur Seite in den rettenden Schnee. Manfred aber stürzte ungebremst den 60 Meter hohen Bergschlund hinab. Ein senkrechter, felsiger, krallenähnlicher Abgrund, der kein Überleben ermöglichte. Als Manfred über den Rand fiel, kam es Van Ruhden so vor, als bliebe die Zeit stehen. Ein letzter Blickwechsel war das Letzte, was ihm von Manfred in Erinnerung blieb.

In seinem Sturztod stieß er einen animalischen, epischen Schrei aus, der ewig zu echoten schien. Van Ruhden blickte entsetzt den Grund hinab. Manfreds Leiche lag reglos am Boden und färbte den Schnee blutrot. Sofort wandte er sich zu Heinz, der regungslos im Stuhl hing. „Heinz! Sag doch was! Sprich mit mir! Hörst du mich? Bitte sei nicht tot!"

# Kapitel 16

Er klappte die fertig gestellte Akte zu und atmete erleichtert aus. Sogleich nahm er wieder Mantel und Hut vom Haken und verabschiedete sich vor der Tür noch von Frau Meyer. Auf der Straße nahm er die Tram in das Krankenhaus. Es war ein altes Natursteingebäude, groß, mit vielen Zimmern. Wirkte mehr wie ein Finanzzentrum als wie ein Krankhaus, obwohl es ein kalter und trostloser Ort sein konnte. Am Empfang erkundigte er sich über das entsprechende Zimmer und folgte der Anweisung. Vor der Tür des Krankenzimmers traf Van Ruhden auf den Oberarzt, der gerade Visite abhielt und soeben aus dem Zimmer kam.

„Guten Morgen, Herr Doktor Mainroth. Wie geht es ihm denn?"

Doktor Mainroth war ein recht junger Arzt, dafür, dass er bereits den Posten des Oberarztes innehatte. Zudem war er schlank und von großer Statur, 1.85 m geschätzt, etwa gleich groß wie er selbst. Er hatte kurze braune, fast schwarze Haare und ein markantes männliches Kinn. Seine Haut war rau, aber hell. Er trug wie üblich den weißen Kittel und um den Hals ein Stethoskop.

„Ah, Herr van Ruhden, gut, dass Sie da sind. Ja, es geht ihm schon besser. Wir konnten seine Körpertemperatur wieder einigermaßen stabilisieren. Aber ganz genesen ist er noch nicht. Ich würde ihn gerne noch für ein paar Untersuchungen hierbehalten, sicher ist sicher."

„Geht in Ordnung. Darf ich zu ihm?"

„Bitte, gehen Sie nur. Gesellschaft und gute Freunde sind die beste Medizin, die er jetzt gebrauchen kann. Ich habe das Gefühl, dass ihn auch ein psychisches Leiden belastet, aber … vielleicht können Sie mir da ja unter die Arme greifen", sagte der Arzt und lehnte sich zu Van Ruhden nach vorn, um ein Augenzwinkern zu vermitteln. Van Ruhden erwiderte ein Schmunzeln und betrat das Zimmer. Da lag er, im Bett. Das Kissen etwas aufrecht gestellt, sein Blick hing an der Fensterscheibe, schien die Welt von draußen zu betrachten.

„Hallo Heinz. Wie geht es dir?"

Einige Tage später.

Van Ruhden öffnete die Haustür und begrüßte Günther mit einer herzlichen Umarmung. Dieser vernahm bereits von draußen den wohligen Geruch des starken Kaffees, den Martha schon aufgesetzt hatte. Kurz darauf erschien auch Heinz.

„Also, Martha, wie Sie das immer nur machen! Wirklich köstlich!", lobte und schwärmte Günther und nahm noch einen Schluck. Van Ruhden klimperte mit dem Löffel kreisend in seiner Tasse, die auf dem Unterteller, platziert an der Tischkante, stand. Er drehte sich um und sah Marthas errötendes Gesicht, während sie nur geschmeichelt abwinkte.

Danach erzählte Van Ruhden den beiden die ganze Geschichte noch einmal in der ausführlichen, aber sanfteren Variante. Alles. Jedes Detail. Nur eben abgespeckt, um den beiden einen ruhigen Schlaf zu gönnen. „Schließlich hat er versucht, mich noch einmal zu überrumpeln und stürzte dabei die Klippe hinab. Die Kripo samt Spurensicherung sind schon am Werk, in 3 Tagen ist die Beerdigung."

„Sollen wir überhaupt hingehen? Nach dem, was er alles getan hat", fragte Heinz ein wenig unsicher.

„Gerade deswegen! Er war schließlich mal unser Freund, auch wenn er zum Schluss aufgehört hat, das zu sein, aber wir haben den Bund gemeinsam begonnen, also werden wir ihn auch gemeinsam schließen."

# Epilog

Es vergingen drei Tage nach dem Treffen der drei alten Freunde. Günther, Heinz und Benjamin trafen sich kurz vor 11 Uhr vor dem Eingangsportal des Friedhofes von Neuperlach im Süden Münchens.

Sie unterhielten sich kurz untereinander und gingen daraufhin in das Gelände, durch eine schwere und alte Eisengittertür.

*Nun war es soweit,* dachte Van Ruhden. Nun müssten sie nach Karl und Clemens auch noch Manfred von den Lebenden verabschieden.

Auch wenn Manfred Karl und Clemens ermordet hatte, war Van Ruhden dennoch traurig über seinen Tod, aus dem einfachen Grund, dass er für ihn immer ein guter Freund gewesen ist.

Die drei erreichten die Stelle, wo Manfred beigesetzt werden sollte.

Es waren nur der Pfarrer, die Sargträger, der Bestatter, 2 Musiker mit Trompeten und seine Familie anwesend, die aus seiner Halbschwester und deren zwei Kindern bestand.

Die Frau weinte bitterlich, dies konnte Van Ruhden schon von Weitem hören.

Als die Freunde die Angehörigen begrüßten, fiel ihm Manfreds Halbschwester in die Arme: „Warum nur? Warum nur? Warum hat er es nur gemacht? Wieso wollte er sich so rächen? Jetzt hat er mit seinem Leben bezahlt", wimmerte sie in Van Ruhdens Armen.

„Bitte, ich weiß ja. Alles ist in Ordnung. Alles ist gut", beruhigte er sie mit sanfter Stimme.

Sie ließ von Van Ruhden ab, gab ihm ein leises „Danke" und ging zu ihren Kindern zurück, die bedrückt waren, dass sie ihren Halbonkel nicht mehr wiedersehen würden.

Van Ruhden dachte sich: *Die arme Frau, jetzt muss sie etwas Schlimmes in ihrem Leben durchmachen, wie jeder Mensch es irgendwann durchlaufen muss.*

Sie hat ihren Halbbruder sehr geliebt, das hat er ihr sofort angesehen. Er fühlte mit ihr, für ihn war es auch schwer, Karl, Clemens und eben Manfred so zu verlieren.

Kurze Zeit später begannen die zwei Trompetenbläser, ihren Trauermarsch zu spielen.

Der Pfarrer sagte seine Worte, und daraufhin fingen die Sargträger damit an, den Sarg langsam herabzulassen.

Ein leises Schluchzen der Kinder komplettierte die Szene. Heinz, Günther und Benjamin tat es leid, wie die Familie über Manfred trauerte.

Nach der Beisetzung Manfreds verabschiedeten sie sich von den Angehörigen und gingen noch auf einen Kaffee zu Van Ruhden.

Als sie an Van Ruhdens Haus angekommen waren, wurden sie bereits herzlichst von Martha begrüßt: „Ah, Sie sann ja scho wieder do, kommen's rein, der Kaffee is scho fertig."

„Vielen Dank, Martha", antwortete Van Ruhden.

„Ach, das mach ich doch gerne, Herr van Ruhden."

Sie nahmen im Esszimmer Platz, da kam seine Haushälterin auch schon mit einem Tablett, das die volle Kanne von köstlichem Kaffee und ein Milchglas trug. Sie schenkte jedem einen Kaffee ein und verschwand wieder in der angrenzenden Küche. Bevor die drei sich unterhalten konnten, kam Martha mit einer Schwarzwälder Kirschtorte zurück aus der Küche: „So, meine Herren, lassen's sich gut schmecken. Nur koi falsche Scheu, ich habe noch en Käs'kuchen im Vorrat." Einmal mehr bewunderte Van Ruhden seine Haushälterin. Wie so oft warfen sie sich auch in diesem Moment freundschaftliche Blicke zu, Blicke, die dem anderen Zuneigung und Wertschätzung vermittelten.

Es vergingen vier Stunden, in denen die drei sich bei Kaffee und Gebäck unterhielten.

In der Dämmerung verabschiedeten sich alle voneinander, Günther und Heinz verließen das Haus und fuhren fort, zurück nach Hause, zu ihren Frauen und Kindern.

Van Ruhden wiederum bedankte sich noch einmal ausdrücklich bei Martha, nahm seinen Mantel und Hut und verließ anschließend das Anwesen, um seinen Gedanken freien Lauf zu lassen.

Er lief entlang der Isar, vorbei an dem Örtchen Eulenschwang zur Isarbrücke.

Dort angekommen, setzte er sich auf „seine" Bank und sah in die verschneiten Berge und dachte sich, was er in den letzten Tagen alles erlebt hatte.

Sein Blick schweifte Richtung Zugspitze, dann formulierte er in Gedanken einen letzten Gruß, eine Art Abschiedsgesang, der wie ein losgelassenes Blatt einfach davonschwebte in andere Welten: „Obwohl du Böses verrichtet und zwei Menschen den Tod gebracht hast, warst und bleibst du mein Freund. Gewiss werden wir uns wiedersehen. Doch bis dahin, Ruhe in Frieden, Manfred."

Van Ruhden verweilte noch eine ganze Zeit auf der Bank mit Blick auf die verschneiten Alpen und der Moment schien ihm kaum zu entflurchen

Und in diesem Sinne endet diese Geschichte.

ENDE

# Die Autoren

Der Autor Niklas M. Käfer wurde 2003 in Bad Mergentheim geboren und absolvierte nach dem Schulabschluss eine Lehre als Kaufmann im Einzelhandel. Aufgewachsen auf dem Land, widmete er sich seit seinem 8. Lebensjahr dem Klavierspiel. Seine künstlerischen Neigungen zeigen sich nebenbei auch im Schreiben von Gedichten.

Sein Ko-Autor Joshua A. Weid wurde 2002 ebenfalls in Bad Mergentheim geboren und befindet sich derzeit im Abschlussjahrgang für die Fachhochschulreife am Technischen Gymnasium. Sterne und Himmelskörper interessierten ihn schon seit der Kindheit – ein Hobby, das bis heute anhält, ebenso wie das Reisen.

Aus der Phantasie der beiden ist Van Ruhden entsprungen. Dessen erster Fall „Van Ruhden und der Zug des Todes" wurde 2020 im Herzsprung-Verlag veröffentlicht.

# Der Verlag

*Wer aufhört
besser zu werden,
hat aufgehört
gut zu sein!*

Basierend auf diesem Motto ist es dem novum Verlag ein Anliegen neue Manuskripte aufzuspüren, zu veröffentlichen und deren Autoren langfristig zu fördern. Mittlerweile gilt der 1997 gegründete und mehrfach prämierte Verlag als Spezialist für Neuautoren in Deutschland, Österreich und der Schweiz.

**Für jedes neue Manuskript wird innerhalb weniger Wochen eine kostenfreie, unverbindliche Lektorats-Prüfung erstellt.**

Weitere Informationen zum Verlag und seinen Büchern finden Sie im Internet unter:

www.novumverlag.com